MIRROR GAME

MIRROR GAME

Scénario **Sunny** × Dessin **Baolong**

KOYOHAN

SOMMAIRE

POURQUOI K...
A-T-IL EFFACÉ MA MÉMOIRE ET ME DEMANDE-T-IL DE SAUVER LE MONDE ?
LES MÉMOS COLLÉS AU MUR...
LA BRIGADIÈRE CHA JIHYEON...
ET...

MOI, SEO JINWOO...
CE SONT LES SEULS INDICES QU'IL A LAISSÉS.
Froutch
À L'INTÉRIEUR DE CE BÂTIMENT... SE TROUVENT DE NOUVELLES PISTES QUI ME PERMETTRONT DE ME RAPPELER QUI JE SUIS ET D'EMPÊCHER L'HYPNOSE DE SE RÉALISER.
Attrape

JOUR J
16 JOURS 19 HEURES
Criii
DANS SES MÉMOS, IL A ÉCRIT QUE C'ÉTAIT ICI, LA DESTINATION FINALE...
Tac
Cric
Cric
Cric
Cric

Fwip
EST-CE QUE CE SERAIT UNE SORTE D'ATELIER OÙ IL CRÉE DES TOURS DE MAGIE ?
Cric
QU'EST-CE QUE K VOULAIT QUE JE TROUVE ICI ?
Cric
Cric
...?!
Se fige
DES IMMEUBLES SE FAISANT FACE...
S'approche
...?

J'AI L'IMPRESSION QUE CETTE MAQUETTE EST IMPORTANTE...
?!
Regarde
Fwip
!!!
TOUS CES GENS SUIVENT LE SON DE LA FLÛTE...
ET SE DIRIGENT VERS LA FALAISE AVEC UN REGARD VIDE !
N... NON...

Le son de la flûte les entraînait vers un endroit d'où ils ne pourraient revenir. Ils ne purent résister à cette magie et tombèrent dans un abîme sans fond.
EST-CE QUE LE TOUR DE MAGIE QU'A PRÉVU K...
FWIP...

Fiouuu...
QU'EST-CE QUE JE SUIS CENSÉ FAIRE ?!
Boum
PFIOU...
PFIOU...
Serre...
J'EMPÊCHERAI CE MASSACRE À TOUT PRIX ET...

JE RETROUVERAI LA MÉMOIRE QU'IL M'A VOLÉE !
Fwip
K A DIT QUE CET ENDROIT ÉTAIT LA DERNIÈRE DESTINATION.
PUISQUE C'EST ICI QU'IL A IMAGINÉ L'OPÉRATION DU JOUEUR DE FLÛTE...
Fouille
IL DOIT SÛREMENT Y AVOIR UN MÉMO AVEC DES INFORMATIONS SUR SON PLAN.
Fouille
HEIN ? C'EST...
Lève
Illusionist
LE CARNET DE NOTES DE K...?
Illusionist
Tac...
FANTASY
GICIENS LES PLUS CONNUS !
PARK HYESEON
SEO JINWOO

MAGIC FANTASY
MAGIC FANTASY RÉUNIT LES MAGICIENS LES PLUS CONNUS !
CHA HYEONU
PARK HYESEON
YANG HANGYEOL
SEO JINWOO
14 OCTOBRE 17H-20H
CENTRE D'ART XX HALL A
!!!
SEO JI
HEIN ?!
MAIS C'EST SEO JINWOO !
CETTE AFFICHE DATE DE L'ANNÉE DERNIÈRE.
C'ÉTAIT IL Y A UN MOMENT DÉJÀ MAIS TU TE SOUVIENS QUE LA MAGIE ÉTAIT À LA MODE À UNE PÉRIODE UN TAS DE MAGICIENS ALLAIENT SUR DES PLATEAUX TÉLÉ.
LA PLUPART DE CES TYPES SORTAIENT DE "MAGIC FANTASY".
MAGIC FANTASY
C'EST-À-DIRE D'ICI !
DONGCHEOL... TU SAIS...
Lève
HEIN ? QUOI ?

!
MES POILS SE DRESSENT DÈS QUE JE VOIS SEO JINWOO, QUE CE SOIT EN PERSONNE OU EN PHOTO.
Tap
JE SUIS PERSUADÉE QU'IL DÉTIENT LA CLÉ QUI NOUS PERMETTRA DE RÉSOUDRE CETTE AFFAIRE.
Tap
ON DOIT DÉCOUVRIR QUI EST CE TYPE !
Tap
Tap
C'EST COMME ÇA QUE JE RÉCUPÉRERAI MES SOUVENIRS.
Clap
Clap
Clap
Clap
Clap
Fiouu
Clap
MERCI, MERCI !
Clap
Clap
S'incline

BIEN ! LE DERNIER TOUR DE MAGIE QUE VOUS ALLEZ VOIR...
RELATE L'HISTOIRE DE MON PREMIER AMOUR.
Tchaaac
À QUATORZE ANS, J'AI QUITTÉ MA FAMILLE ET, PENDANT LONGTEMPS, J'AI ERRÉ, SANS BUT.
JOKER
Tac
?
OH ?
Flotte
MAIS UN JOUR, UNE MAGICIENNE AUSSI CHARMANTE QUE MYS-TÉRIEUSE EST APPARUE DEVANT MOI.
!

C'EST ELLE QUI M'A FAIT DÉCOUVRIR LE MONDE DE LA MAGIE.
Oh !
Tac
Ouah !
NOUS NOUS AIMIONS PASSIONNÉ-MENT.
Fwiiiiip...
C'ÉTAIT UN AMOUR SUBLIME ET FLAMBOYANT...
TEL UN BRASIER !
SSH
Q
JOKER
MAIS...
Ouah !
PLUS ELLE S'ENFONÇAIT DANS SON OBSESSION SANS LIMITES DE DÉCOU-VRIR CHAQUE SECRET DE LA MAGIE, PLUS JE ME SENTAIS SEUL.
ELLE A CONTINUÉ DE SOMBRER DANS LE MONDE MAGIQUE, POUR FINALEMENT...
SSH...

ME QUITTER...
Tchaaac
Ah !
Ouah !
!!!
ET PUIS...!!!
SSSH...
SA PASSION !
Flotte
Flotte
SON OBSESSION !
ET SA FOLIE !

FROUH
!!!
OUAH !
L'ONT CONSUMÉE !
Coule

LOIN, TRÈS LOIN...
ET JE RESTAIS SEUL.
MON AMOUR BRÛLANT POUR ELLE...
Frouh
INCENDIA MON CŒUR ET LE RECOUVRIT DE SUIE.
APRÈS PLUS D'UNE DIZAINE, D'UNE VINGTAINE D'ANNÉES...
Frouuuuh...
J'AI ENFIN...
Pshiit
PU TROUVER LE VÉRITABLE AMOUR.

Fwiiiip
Swouuuuuush
Fiouh...
CET AMOUR EST...
!!!

HOP LÀ !
Woush
QU...?!
TCHAK
Fwip
QU'EST-CE QU'IL...?
BRAVO !
BRAVO !
Ouah !
Clap
Clap
Clap
...
ALORS COMME ÇA, C'EST TOI, SON NOUVEL AMOUR ?
Tac
ARRÊTE TES BÊTISES... IL FAUT QUE JE LUI PARLE !
SI ON VEUT AVOIR DES INFORMATIONS SUR L'OPÉRATION DU JOUEUR DE FLÛTE, IL FAUT COMMENCER PAR ENTRER DANS LA TÊTE DE SEO JINWOO.
Tac

RESTE ICI ET CONTINUE À OBSERVER.
Fwip
QUOI ?!
Ta ta ta tap...
Clac
CE MAGICIEN...
A LA MÊME AURA QUE SEO JINWOO.
JOKER
!!!
Se fige
Criii

JE SAVAIS QUE VOUS VIENDRIEZ.
C'EST À PROPOS DE JINWOO,, N'EST-CE PAS ?
HEIN...?!
CE MATIN MÊME, J'AI EU LA VISITE DU CHEF DES ENQUÊTES SPÉCIALES, ME SEMBLE-T-IL.
COMMENT SE FAIT-IL QUE VOUS SOYEZ AU COURANT ?
IL M'A POSÉ DES QUESTIONS SUR LUI AVANT DE REPARTIR.
DE PLUS, IL EST RARE QU'UN SPECTATEUR VIENNE ME VOIR DANS MA LOGE APRÈS LE SPECTACLE.
ALORS, C'ÉTAIT PRÉVISIBLE.
JE VOUS EN PRIE, ENTREZ.
D'ACCORD... MERCI.

LOGE
Clac
LOGE
JOUR J
16 JOURS 02 HEURES

Illusionist
K
ON DIRAIT DES NOTES QUE K AURAIT PRISES POUR PEAUFINER SON PLAN.
Flap
IL Y A BEAUCOUP DE DÉTAILS.
Flap
Flap
OH...?!
!!!
Je suis en train de me transformer en MONSTRE! ET en monstre INCONTRÔLABLE!!...
Flap
LÀ AUSSI...?!
Ma magie
Ma magie
Se nourrit de sang
dévore des vies
les yeux!
MES YEUX DE MONSTRE!!!...

Ma magie
Se nourrit de sang
Ma magie
dévore des vies
J'ai ouvert
les yeux !
MES YEUX DE MONSTRE !!!
IL A OUVERT LES YEUX ? QU'EST-CE QUE ÇA VEUT DIRE ?
QU'EST-CE QUI LUI EST ARRIVÉ ?
IL A FORCÉMENT DÛ SE PASSER QUELQUE CHOSE POUR QU'IL ÉCRIVE UN TRUC PAREIL...
?!
Flap
CHA JIHYEON ?!
Le ciel ne m'a pas abandonné...
Il m'a envoyé un cadeau.
Elle est ma lumière

JINWOO... ÉTAIT MON DISCIPLE.
VOTRE DISCIPLE ?
OUI. C'ÉTAIT UN JEUNE HOMME BRILLANT...
QUI APPRENAIT TRÈS VITE.
IL ÉTAIT CE QU'ON APPELLE UN GÉNIE, AU POINT QUE MÊME MOI, J'EN ÉTAIS JALOUX...
IL ÉTAIT EXTRÊMEMENT DOUÉ...
À LA FOIS EN ILLUSION ET EN MAGIE DE PROXIMITÉ.
ILLUSION ? MAGIE DE PROXIMITÉ ?
EXCUSEZ-MOI, MAIS JE NE M'Y CONNAIS PAS TRÈS BIEN EN MAGIE...
CE N'EST RIEN. JE VAIS VOUS EXPLIQUER.

LE GRAND PUBLIC L'IGNORE MAIS...
ON PEUT DIFFÉRENCIER PLUSIEURS TYPES DE MAGIE.
IL Y A LA MAGIE D'ILLUSION, QUI REGROUPE TOUT CE QUI EST MENTALISME, ART DE L'ÉVASION, EFFETS DE CANNES ET QUI REQUIERT UNE GRANDE ESTRADE AINSI QUE LA PARTICIPATION D'UN LARGE PUBLIC...
ET PUIS, IL Y A LA MAGIE DE PROXIMITÉ, QUI CONSISTE À JOUER AVEC DES CARTES, DES BILLETS OU CE GENRE DE CHOSES. ELLE SE FAIT EN TÊTE À TÊTE AVEC LE MAGICIEN OU EN PETITS GROUPES.
IL MAÎTRISAIT TOUTES CES MAGIES...
MAIS IL AVAIT UN PENCHANT PARTICULIER POUR LE MENTALISME.
LE... MENTALISME ?

OUI. C'EST UNE MAGIE MENTALE QUI CONSISTE À MANIPULER L'INCONSCIENT DES GENS.
EST-CE QUE L'HYPNOSE... FAIT PARTIE DE CE TYPE DE MAGIE ?
S'avance
OUI, MAIS...
UN MAGICIEN N'UTILISE JAMAIS VRAIMENT UNE SEULE SORTE DE MAGIE POUR RÉALISER SON TOUR.
IL S'AGIT D'UN SAVANT MÉLANGE DE PLUSIEURS MAGIES DIFFÉRENTES.
ENTENDU. JINWOO FRÉQUENTAIT-IL CERTAINES PERSONNES EN PARTICULIER ?
UNE PETITE AMIE, DES AMIS, DES COLLÈGUES...?
JE N'EN SUIS PAS CERTAIN MAIS J'EN DOUTE.
IL PARLAIT PEU ET IL ÉTAIT TRÈS RENFERMÉ, À TEL POINT QUE LES AUTRES MAGICIENS L'ÉVITAIENT.
IL PARLAIT PEU ET IL ÉTAIT TRÈS RENFERMÉ ?
ÇA NE COLLE PAS AVEC LE SEO JINWOO QUE JE CONNAIS.
SES TOURS DE MAGIE ÉTAIENT EN GÉNÉRAL TRÈS LUGUBRES.
MAGIC FANTASY
MAGIC FANTASY
CERTAINS N'ONT MÊME PAS PU ÊTRE PRÉSENTÉS EN SPECTACLE TELLEMENT ILS ÉTAIENT CRUELS ET ABOMINABLES.

C'EST-À-DIRE...?
...
POURRIEZ-VOUS ME DONNER DES DÉTAILS ?
Serre
...?
UN JOUR, JINWOO M'A DEMANDÉ DE VENIR...
ET QUE S'EST-IL PASSÉ CE JOUR LÀ ? POURQUOI VOUS A-T'IL APPELÉ ?
CE JOUR-LÀ...
JE NE POURRAI JAMAIS L'OUBLIER.

?
Wouf
Wouf
CELA AVAIT QUELQUE CHOSE D'EFFRAYANT ET DE CRUEL...
Wouf
MAIS AUSSI DE FASCINANT ET D'ENSORCELANT.

Wouf
Wouf
C'ÉTAIT EN FIN DE JOURNÉE. JE POUVAIS ENTENDRE LES CHIENS ABOYER, CE QUI ÉTAIT ASSEZ INHABITUEL.
Wouf
JOUR J
16 JOURS 01 HEURES
CE JOUR-LÀ...
Wouf
Tap
Wouf
Wouf
OH LÀ LÀ... ILS SONT BIEN BRUYANTS !
Wouf
Wouf
Tap
Wouf
Tap
J'AI DÉCIDÉ D'ALLER LES CALMER...
Wouf
!!!
Wouf
Wouf
Wouf

Wouf
Wouf
Wouf
Clang
Wouf
Clang
Wouf
Wouf
Wouf
Wouf
Wouf
Wouf
Clang
Wouf
Wouf
Wouf
Clang
Wouf
Wouf
Wouf
Wouf
Wouf
Wouf
Clak
Grrrr...
Clak
Grrr
ET LÀ...
Clang
Wouf
Wouf
Clang

SE TENAIT JINWOO.
AU MILIEU DE CES CHIENS RENDUS FOUS PAR LA FAIM QUI ESSAYAIENT DE MORDRE TOUT CE QUI SE TROUVAIT À LEUR PORTÉE.
Wouf
Clang
Tchak
Clang
Crac
Wouf
Wouf
Wouf
Wouf
Wouf
CLANG
Wouf
Wouf
Wouf
Wouf

Wouf
JINWOO SEMBLAIT ÊTRE AILLEURS...
Wouf
...
Woush
Shrik
Shrik

À UNE ÉPOQUE, K ÉTAIT MENTALEMENT INSTABLE...
Clic
ET C'EST À CE MOMENT-LÀ QU'IL A RENCONTRÉ CHA JIHYEON.
Tac
ÇA DOIT ÊTRE COMME ÇA QUE LEURS CHEMINS SE SONT CROISÉS...
MAIS C'EST CETTE PARTIE LÀ QUI ME DÉRANGE.
Flap
Tada
Elle est en danger.
Un autre monstre va
la... la dévorer.
UN AUTRE MONSTRE... K A ÉCRIT QU'IL ÉTAIT LUI-MÊME UN MONSTRE, ALORS IL DOIT PARLER D'UNE AUTRE PERSONNE.
Hum...
EN BREF, POUR D'OBSCURES RAISONS, K N'A PAS EU D'AUTRE CHOIX QUE DE FAIRE CETTE SÉANCE D'HYPNOSE QUI VA CONDUIRE À UN SUICIDE DE MASSE.
MAIS IL ESPÈRE QUE QUELQU'UN VA EMPÊCHER CELA DE SE PRODUIRE...

PARCE QUE LUI-MÊME VOULAIT TOUT ARRÊTER ?
MAIS QUELQU'UN A MENACÉ CHA JIHYEON... ET K A DISPARU.
TAC
IL AVAIT PEUR ? NON... VU SA FAÇON D'AGIR, JE DOUTE QUE CE SOIT LE CAS.
Lève
UN INSTANT...?!
POURQUOI K A-T-IL EFFACÉ MA MÉMOIRE ?
QUEL LIEN Y A-T-IL ENTRE CHA JIHYEON ET MOI ?
POURQUOI... SUIS-JE AUSSI...!!!
JUSQU'À MAINTENANT, JE NE RÉFLÉCHISSAIS QU'À LA RELATION ENTRE K ET CHA JIHYEON !

MAIS ILS SONT TROIS DANS CETTE HISTOIRE !
K, CHA JIHYEON ET L'AUTRE MONSTRE !
CE QUI VOUDRAIT DIRE QUE CE DERNIER, C'EST...
MOI ?!

POURQUOI...?
Grr
Grrrr...
POURQUOI EST-CE QUE LES CHIENS SE SONT BATTUS ENTRE EUX AU LIEU D'ATTAQUER SEO JINWOO ?
Grrrr...
PARCE QU'IL...
ÉTAIT PARVENU À HYPNOTISER NON SEULEMENT LES HUMAINS, MAIS AUSSI LES ANIMAUX.
IL S'ÉTAIT LUI-MÊME POUSSÉ DANS SES RETRAN-CHEMENTS...
ET AVAIT RÉUSSI À MAÎTRI-SER UN POUVOIR DÉPASSANT DE LOIN LES LIMITES DE L'HUMAIN.

WOUUUUSH
JE SUIS... L'AUTRE MONSTRE DONT PARLE K !!!
NON... ÇA NE PEUT PAS ÊTRE ÇA.
C'EST IMPOSSIBLE !
SI C'ÉTAIT LE CAS, K NE M'AURAIT PAS LAISSER RENCONTRER CHA JIHYEON.
RIEN N'EST ENCORE CERTAIN.
JE DOIS ALLER VOIR CHA JIHYEON !!!
HYPNOTISER DES ANIMAUX... C'EST DIFFICILE À CROIRE.

PENSEZ-VOUS QUE SEO JINWOO...
SOIT K ?
JE REFORMULE MA QUESTION.
PENSEZ-VOUS QUE SEO JINWOO SOIT CAPABLE D'HYPNOTISER UN GRAND NOMBRE DE PERSONNES...
PAR VIDÉO ?
...
Hoche
Hoche

Chapitre 17 · Jihyeon sous hypnose

N... NON !
SEO JINWOO...
Tap...
LE REGARD QU'ELLE M'A LANCÉ CE JOUR-LÀ...
C'EST TOI, HEIN ?
ÉTAIT TOUT CE QU'IL Y AVAIT DE PLUS AU-THENTIQUE !
K.
ET PUIS, CHA JIHYEON...
NE POURRAIT PAS AUSSI BIEN JOUER LA COMÉDIE. ELLE EST DU GENRE À AGIR AVANT DE RÉFLÉCHIR.
ALORS QU'EST-CE QUI S'EST PASSÉ ENTRE ELLE ET K ?
Serre

!!!
SEO. JIN. WOO.
J'AI EFFACÉ VOTRE PASSÉ.
EST-CE QU'IL AURAIT EFFA-CÉ SA MÉMOIRE, COMME IL L'A FAIT POUR MOI ?!
MAIS POURQUOI...?
POURQUOI EFFACER LA MÉMOIRE DE LA PERSONNE QUI L'A AIDÉ ALORS QU'IL TRA-VERSAIT UNE PÉRIODE PSYCHOLOGIQUEMENT DIFFICILE ?
Le ciel ne m'a pas abandonné...
Il m'a envoyé un cadeau.
Elle est ma lumière
UNE HYPNOSE PROPHÉTISANT UN SUICIDE DE MASSE...
TOUTES CES ATTAQUES...
SA DÉCISION DE NOUS CHOISIR, CHA JIHYEON ET MOI, POUR L'ARRÊTER...
QU'EST-CE QUI A BIEN PU LE POUSSER À FAIRE TOUT ÇA ?

DRING
Fwip
DRING
DRING
OH, NON ! JE DOIS L'APPELER !!!
EH MINCE ! IL S'EST ÉTEINT !
JE N'AVAIS PAS PENSÉ À LA BATTERIE...
Tac
CHA JIHYEON NE SAIT SANS DOUTE PAS EN QUOI CONSISTE L'OPÉRATION DU "JOUEUR DE FLÛTE"...
IL VA SE PASSER QUELQUE CHOSE D'HORRIBLE DEMAIN !
DES GENS SOUS HYPNOSE VONT SE JETER DU HAUT D'UN IMMEUBLE !!!

PUNAISE...
JE FAIS QUOI ? IL N'Y A PERSONNE ICI, COMMENT JE POURRAIS TROUVER UNE VOITURE ?
C'EST VRAI ! LA NATIONALE ! JE PEUX PEUT-ÊTRE TOMBER SUR DES GENS LÀ-BAS !
JE DOIS INFORMER CHA JIHYEON DE CE QUI VA SE PASSER !
DIRECTEMENT SUR PLACE, À L'ENDROIT OÙ ÇA VA SE PRODUIRE, S'IL LE FAUT !
JOUR J
16 JOURS 00 HEURES
JE VOIS... IL EST POSSIBLE QUE SEO JINWOO SOIT K.
JE RECONNAIS QUE C'EST UN EXCELLENT MAGICIEN.
Lève
...

MAIS JE REFUSE DE CROIRE QUE C'EST UN CRIMINEL.
PEU IMPORTE LES CIRCONSTANCES, IL RESTE MON ÉLÈVE.
...
...
TRÈS BIEN. JE VOUS REMERCIE.
VOUS M'AVEZ BEAUCOUP AIDÉE.
Tap
BRIGADIÈRE...
OUI ? VOUS AVEZ QUELQUE CHOSE À AJOUTER ?
COMBIEN DE BALLES À BLANC Y A-T-IL DANS VOTRE PISTOLET ?
Huum...
HEIN ? POURQUOI VOUS...?
Fwip

CHA JIHYEON...
VEUILLEZ RETIRER...
MAGIC FANTASY
MAGIC FANTASY
MAGIC FANTASY RÉUNIT LES MAGICIENS LES PLUS CONNUS !
14 OCTOBRE 17H-20H
TOUTES LES BALLES À BLANC DE VOTRE PISTOLET.
Pouf
Sssh...

IL Y EN A...
UNE.
Ouvre
JE L'AI RETIRÉE.
VOUS NE VOUS SOUVIENDREZ PAS DE CE QUE JE VAIS VOUS DIRE...
MAIS...
Tac

LES MOTS QUE JE VAIS PRONONCER VONT SE GRAVER DANS VOTRE CERVEAU SANS QUE VOUS PUISSIEZ LES REJETER...
Tac
ET VOUS SUIVREZ CES ORDRES À LA LETTRE.
ENTENDU ?
OUI...
DÈS QUE VOUS VERREZ JINWOO, VOUS LE METTREZ EN JOUE...
ET VOUS TIREREZ SANS LA MOINDRE HÉSITATION.
Tac
Tchac
DEUX COUPS DE FEU. UNE BALLE...
Clic
DANS LA TÊTE...

ET L'AUTRE...
DANS LE CŒUR.
Tac
SUR QUI VOUS AI-JE DIT DE TIRER ?
SUR SEO JINWOO.
COMBIEN DE FOIS ET OÙ ?
DEUX FOIS.
UNE BALLE DANS LA TÊTE...
ET L'AUTRE DANS LE CŒUR.
BIEN. TRÈS BIEN.
Tac...
MAINTENANT, LEVEZ-VOUS ET ALLEZ REJOINDRE VOTRE COLLÈ-GUE.
Crii
Tap

VISEZ PRÉCISÉMENT LA TÊTE ET LA POITRINE.
Tap
D'ACCORD.
Tap
BON, JE VOUS LAISSE VOUS EN OCCUPER, CHA JIHYEON.
Criii
Clic
JINWOO...
Fwip...
N'EST PAS K.

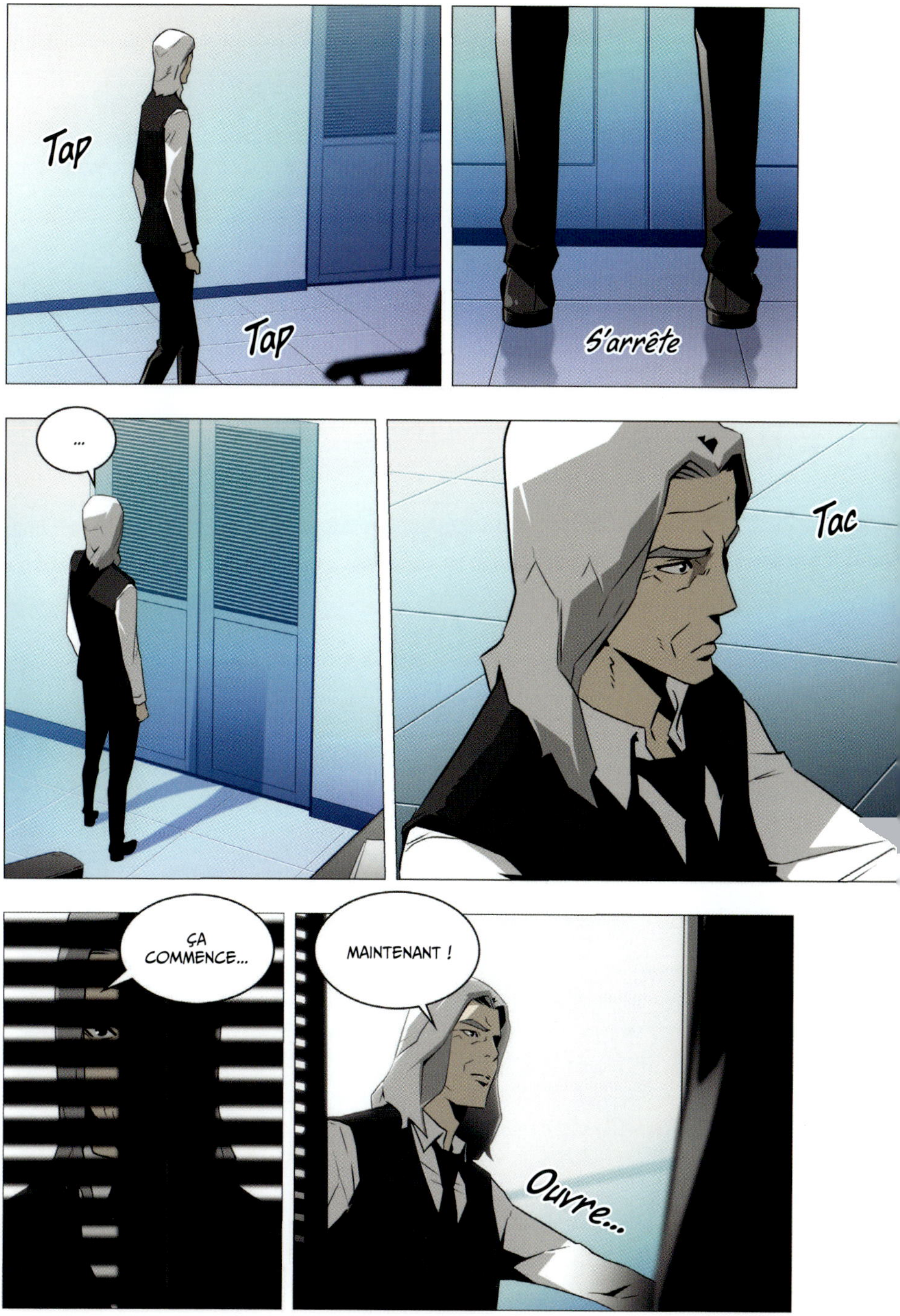
Tap
Tap
S'arrête
...
Tac
ÇA COMMENCE...
MAINTENANT !
Ouvre...

Fixe
K !
Tac

J'ATTENDAIS CE JOUR AVEC IMPATIENCE.
Fwip
JE SUIS PRÊT.
Tap Tap
LA TÊTE...
PUIS LA POITRINE...
Tap
Tap
SEO. JIN. WOO.

Chapitre 18- Le passé de Jihyeon (partie 1)

REPENTEZ-VOUS PAR LA DOULEUR...
EN ENFER.

JOUR J
15 JOURS 20 HEURES
PEU DE TEMPS APRÈS LA SÉANCE D'HYPNOSE DE K...
NOUS AVONS DÉCOUVERT SA MARQUE...
Pointe
DANS LE MÉTRO ET À L'AÉROPORT, LÀ OÙ LES ATTAQUES ONT EU LIEU.
NOUS ESTIMONS DONC, À L'HEURE QU'IL EST, QUE K EST LIÉ D'UNE FAÇON OU D'UNE AUTRE À CES DEUX ÉVÉNEMENTS.
DE PLUS... NOUS PENSONS QU'IL VA LANCER UNE NOUVELLE OPÉRATION, APPELÉE "LE JOUEUR DE FLÛTE"...
DEMAIN À 16H.
COMME NOUS SOMMES INQUIETS À L'IDÉE QU'IL SE PRODUISE UN DRAME SIMILAIRE À CELUI DU MÉTRO...
UN INSTANT !

VOUS PENSEZ QU'UNE SEULE PERSONNE, K, EST DERRIÈRE TOUT ÇA...
SIMPLEMENT PARCE QUE VOUS AVEZ RETROUVÉ SA MARQUE ? VOUS NE PENSEZ PAS QUE CETTE CONCLUSION EST UN PEU TROP HÂTIVE ?
RIEN N'EST ENCORE SÛR.
MAIS LE LIEU ET LA DATE DES ATTAQUES...
CORRESPONDENT À LA DESCRIPTION QU'EN A FAIT SEO JINWOO DANS SA DÉPOSITION.
DE PLUS, DES SYMBOLES SE RÉFÉRANT CLAIREMENT À K ONT ÉTÉ TROUVÉS À CES...
NON, NON. CE N'EST PAS CELA QUI ME CHIFFONNE.
JE ME DEMANDE SI VOUS N'ÊTES PAS ENCORE EN TRAIN D'ENQUÊTER EN VOUS FIANT À VOTRE INSTINCT PLUTÔT QU'EN VOUS APPUYANT SUR DES PREUVES TANGIBLES.
CE N'EST PAS LE CAS. SEO JINWOO ÉTAIT AU COURANT DES ATTAQUES QUI SE SONT DÉROULÉES PRÉCÉDEMMENT. DANS SA DÉPOSITION...

VOUS SEMBLEZ LUI VOUER UNE CONFIANCE AVEUGLE ALORS QUE VOUS NE LE CONNAISSEZ MÊME PAS.
PARDON... ?
OÙ SE TROUVE-T-IL À L'HEURE ACTUELLE ?
FWIP
NOUS CHERCHONS ACTIVEMENT À LE LOCALISER DEPUIS LE DERNIER ENDROIT OÙ IL A PASSÉ UN APPEL.
VOUS NE PENSEZ PAS QU'IL POURRAIT ÊTRE K ?
SI. IL FAIT PARTIE DE LA LISTE DES SUSPECTS.
MAIS NOUS N'AVONS AUCUNE PREUVE QUI...

MAIS IL A RÉUSSI À PRÉDIRE CES ATTAQUES ! COMMENT SERAIT-CE POSSIBLE S'IL N'EST PAS COUPABLE ?
MÊME SI VOUS N'AVIEZ AUCUNE CER-TITUDE, VOUS AURIEZ TOUT DE MÊME DÛ LE SURVEILLER !
BRIGADIÈRE CHA JIHYEON...
OUI !
JE VOUS RETIRE DE CETTE ENQUÊTE.
PARDON ? QU'EST-CE QUE VOUS ENTENDEZ PAR...?

VOUS N'AVEZ PAS... LES COMPÉTENCES NÉCESSAIRES.
J'AI L'IMPRESSION QUE VOUS ÊTES TROP PROCHE DE SEO JINWOO.
Se lève...
VOUS IGNORIEZ QU'IL VENAIT AUSSI DE JAHYEWON ?
!!!
QUOI ?! IL ÉTAIT À JAHYEWON ?
Fwip
BIEN SÛR, JE NE FAIS RIEN DE PLUS QU'UNE CONJECTURE, MAIS...
VOTRE NEUTRALITÉ POURRAIT ÊTRE REMISE EN QUESTION DANS CETTE AFFAIRE. J'ESPÈRE QUE VOUS COMPRENDREZ MA DÉCISION.

Fronce
BOUM
QU'EST-CE QUE ÇA PEUT BIEN FAIRE QU'ON SOIT DE JAHYEWON TOUS LES DEUX ?!
CE N'EST QU'UN PRÉTEXTE POUR ME RETIRER DE L'ENQUÊTE !
...

AH, SÉRIEUX ! IL SE PREND POUR QUI ?
Fwip
IL SORT D'OÙ, CE PARK GWANGSU ?!
Fwip
TOI AUSSI, DONGCHEOL, TU SAIS À QUEL POINT CETTE AFFAIRE EST COMPLIQUÉE !
...
LORSQU'IL ÉTAIT INSPECTEUR... C'ÉTAIT UNE LÉ-GENDE.
Lève
IL ARRIVAIT À FAIRE DES CHOSES ABSOLUMENT IMPRO-BABLES.
ET... JE SUIS D'ACCORD AVEC LUI. ARRÊTE-TOI LÀ, JIHYEON.
AH, PUTAIN ! QU'EST-CE QUI TE PREND ?
TU CROIS VRAIMENT QUE JE SUIS DE MÈCHE AVEC SEO JINWOO ?
QUEL LIEN JE POURRAIS POSSIBLEMENT AVOIR AVEC CE TYPE ?!

JE NE SAVAIS PAS QU'IL ÉTAIT DE JAHYEWON, OK ? J'ÉTAIS TROP OCCUPÉE À ENQUÊTER, À ÉVITER DE MOURIR ET À ARRÊTER CES ATTENTATS !!!
Slurp
MAIS MAINTENANT, C'EST BON ! JE SUIS AU COURANT. JE PEUX ALLER ME RENSEIGNER DÈS DEMAIN !
D... DONGCHEOL ?
REPOSE-TOI, JIHYEON !
ÇA VAUT MIEUX POUR TOI.
Slurp
Slurp
TU NE FAIS PLUS PARTIE DE L'ÉQUIPE. METS-TOI ÇA DANS LA TÊTE.

Combini
24H/24
Crii
MERCI DE M'AVOIR CONDUIT JUSQU'ICI.
RENTREZ BIEN.
24H/24
Diling
Vroum...
JE PEUX RECHARGER MON PORTABLE ICI ?
TAC
ÇA VA PRENDRE COMBIEN DE TEMPS ? JE SUIS ASSEZ PRESSÉ...

Clic Clic
QUI AURAIT CRU QUE SEO JINWOO AVAIT ÉTÉ À JAHYEWON ?
S'arrête
QUAND EST-CE QUE CETTE AFFAIRE... A COMMENCÉ ? QUAND JIHYEON A-T-ELLE ÉTÉ ENTRAÎNÉE LÀ-DEDANS ?
Tac
Regarde

Ouvre...
Fwip
Numéro 248
Remerciements
Cha Jihyeon
Nous vous remercions de l'intérêt et du respect que vous portez à la police, et plus particulièrement pour votre participation active qui nous a permis de procéder à l'arrestation d'un voleur.
XX/XX/20XX
Préfecture de police de Séoul
Officier Kang
LA PREMIÈRE FOIS QUE J'AI RENCONTRÉ JIHYEON...
AU VOLEUR !!!
AIDEZ-MOI ! IL M'A PRIS MON SAC...
BOUGE !

C'EST LUI ! ATTRAPEZ-LE !!!
Tap Tap Tap
ARRÊTE-TOI !
HÉ ! JE T'AI DIT DE T'ARRÊTER !!!
T'ES QUI, TOI ? TE MÊLE PAS DE ÇA !!!
EH BEN ! C'EST TON DERNIER MOT ?
DANS CE CAS, JE VAIS...
Tap
TE DÉFONCER, CONNARD !!!
BAM

tchac

Chapitre 19- Le passé de Jihyeon (partie 2)

EST-CE QUE TU SAIS SEULEMENT QUI TU AS EN FACE DE TOI ?
Attrape
MADAME LA DIRECTRICE ! CALMEZ-VOUS !
SALE PETIT PARASITE !!!
CLAC
CES SALES ORPHELINS SONT POURRIS JUSQU'À LA MOELLE ! ET ILS SONT INCAPABLES DE RESTER À LEUR PLACE !
Secoue
POUR QUI TU TE PRENDS À FRAPPER MON FILS ? HEIN ?! TA VIE EST FICHUE, SALE GARCE !
OH LÀ LÀ ! MADAME LA DIRECTRICE ! ET SI NOUS EN DISCUTIONS, PLUTÔT ? SI VOUS FAITES ÇA, ÇA VA CAUSER DES PROBLÈMES.
Secoue
Secoue

DES PROBLÈMES ? QUELS PROBLÈMES ?!! C'EST VOUS QUI ALLEZ AVOIR DES PROBLÈMES ! VOUS N'ÉTIEZ RIEN AVANT QUE JE VOUS AIDE À DEVENIR PROVISEUR ! C'EST COMME ÇA QUE VOUS ME REMERCIEZ ?!
P... PARDON.
Fwip
AH !
Boum
OH ?! REGARDEZ COMME ELLE ME FUSILLE DU REGARD !
ON VA DEVOIR CHANGER DE PROVISEUR...
ET TRIER LES ÉLÈVES !
CETTE ÉCOLE EST INFESTÉE DE RATS ! VOUS DEVRIEZ FAIRE LE MÉNAGE ! À LA JAVEL !
MAIS, MADAME LA DIRECTRICE...

Clac
JIHYEON !!!
Boum
OH !
MONSIEUR LE PROVISEUR ? QU'EST-CE QUE VOUS FAITES ICI ?
OH LÀ LÀ, MADAME LA DIRECTRICE !
HA HA HA ! TROP DRÔLE !
...
C'EST TOI... KIM DONGHWAN ?
HA HA HA...
Tap Tap
OUI, C'EST MOI... T'ES QUI, TOI ?
Fwip...
!!!
Attrape

ARGH ! QU... QU'EST-CE QUE TU FOUS ?!
TU CROIS VRAIMENT POUVOIR TE COMPORTER COMME ÇA ET T'EN SORTIR GRÂCE À TES PARENTS ?
Soulève
JE VOULAIS... DIRE... LÂ... LÂCHEZ-MOI ! KOF !
QU'EST-CE QUE C'EST QUE ÇA ?! REPOSEZ IMMÉDIATEMENT MON FILS !
VOUS ÊTES FOU ? VOUS SAVEZ QUI JE SUIS ?!
QUI ÊTES-VOUS ?!
MOI ? JE SUIS LE TUTEUR DE CHA JIHYEON !
M... MONSIEUR ?

AAAH !
MAMAN !!!
Woush

D...
DONGHWAN !!!

BOUM

AARGH !
M... MAMAN...
V... VOUS ! VOUS ÊTES BIEN LE TUTEUR DE CETTE PETITE DÉLINQUANTE ?!
Tremble Tremble
VOUS NE SAVEZ PAS À QUI VOUS VOUS EN ÊTES PRIS ! LE PÈRE DE CET ENFANT EST LE MAIRE DE CETTE VILLE ET SON ONCLE EST PROCUREUR AU PARQUET DE SÉOUL !
Lève
???
VOUS FERIEZ MIEUX DE REGARDEZ CETTE VIDÉO AVANT DE PASSER VOTRE APPEL !
REGARDEZ BIEN LA FAÇON ABJECTE DONT SE COMPORTE VOTRE FILS CHÉRI !
HA HA HA !
REGARDE CE VIEILLARD ! IL PUE LA MERDE !
HÉ, IL SAIGNE !
HA HA ! PUTAIN, JE PENSAIS PAS QUE ÇA COULERAIT AUTANT VU COMME IL EST VIEUX, MAIS ÇA PISSE LE SANG, EN FAIT !
JE ME DOUTE QUE CE SERAIT COMPLIQUÉ DE L'ENVOYER EN PRISON AVEC LES CONNEXIONS QUE SA FAMILLE DOIT AVOIR...
MAIS IL ME SEMBLE QUE VOTRE MARI EST CANDIDAT POUR ÊTRE DÉPUTÉ, NON ? CE GENRE D'INCIDENTS AURAIT DES RÉPERCUSSIONS SUR L'ÉLECTION, VOUS NE PENSEZ PAS ?

CE SERAIT LÉGÈREMENT EMBÊTANT !
PRENDS UNE PHOTO SOUVENIR ! LE JOUR OÙ ON A ÉCLATÉ UN VIOQUE !
HÉ ! METS TON PIED SUR SA TÊTE ! ON EST TROP COOLS ! HA HA HA !
STAURANT HONG KO
LIVRAISON F
Slurp
Slurp
AH, LES JEUNES DE NOS JOURS NE CONNAISSENT PAS LA VRAIE VALEUR DES CHOSES. DONNE, JE VAIS LES MANGER.
Attrape
QUOI ? TU NE MANGES PAS ? TES NOUILLES VONT GONFLER.
...
Tac

TU ME LES AS ACHETÉES ET TU VEUX ME LES REPRENDRE ?
T'ES VRAIMENT UN POLICIER OU T'ES UN GANGSTER ?
Fwip Fwip
IL SUFFISAIT QUE TU L'ARRÊTES ! POURQUOI TU AS UTILISÉ ÇA POUR NÉGOCIER MON TRANSFERT DANS UN AUTRE ÉTABLIS-SEMENT ?
Slurp Sluurp
JE VIENS DE DÉCIDER. JE VEUX ENTRER DANS LA POLICE.
Slurp Slurp
...
Miam Miam

AH, C'EST SALE ! NE PARLE PAS QUAND TU MANGES !
QUOI ? QUOI, QUOI, QUOI ?!
TU N'AS VRAIMENT AUCUNE MANIÈRE.
ORPHELINAT DE L'ESPOIR
AH ! BLOQUEZ-LA !!!
C'EST PARTI ! LA JOUEUSE CHA JI-HYEON PERCE TOUTE SEULE LA DÉFENSE ADVERSE EN DRIBBLANT !
AH, JIHYEON ! IL Y A FAUTE !!
JE VOUS SUIS EXTRÊMEMENT RECONNAISSANTE DE VENIR ICI CHAQUE MOIS.
HA HA HA ! VOUS PENSEZ POUVOIR M'ARRÊTER ?!
NON ! ARRÊTEZ-LA !!!

CE N'EST RIEN. JIHYEON INSISTE POUR VENIR VOIR SA MÈRE AU MOINS UNE FOIS PAR MOIS...
JE SUIS CONTENTE DE VOIR QUE VOUS VOUS ENTENDEZ BIEN. VOUS AVEZ TOUTE MA GRATITUDE.
C'EST NOUS QUI VOUS REMERCIONS. DEPUIS QU'ELLE EST ARRIVÉE CHEZ NOUS, MA FEMME ET MOI SOMMES AUX ANGES. C'EST UN VÉRITABLE CADEAU DE DIEU...
NOTRE PETITE JIHYEON EST UNE ENFANT SI GENTILLE ET ADORABLE...
Serre
...
EN VÉRITÉ, MONSIEUR... IL Y A QUELQUE CHOSE QUE JE NE VOUS AI PAS DIT À PROPOS D'ELLE.
PARDON ?

JE ME SUIS DIT QUE JE NE DEVRAIS PAS GARDER ÇA SECRET PLUS LONGTEMPS.
Tend...
CETTE PHOTO...?!
C'EST BIEN CE QUE VOUS PENSEZ.
J'IMAGINE QUE VOUS ÊTES AU COURANT DE L'AFFAIRE DE JAHYEWON QUI DATE DE 1997 ?
JIHYEON VIENT DE LÀ-BAS.
FOYER DU BONHEUR ET DE L'AMITIÉ
JAHYEWON
16 04 1994
Foyer du bonheur et de l'amour
MAIS ELLE NE SE SOUVIENT PAS DES ÉVÉNEMENTS QUI Y ONT EU LIEU.
D'APRÈS LES DOCTEURS, C'EST UN MÉCANISME DE DÉFENSE.
UNE SORTE DE TROUBLE DISSOCIATIF.
LA TRICHE ! C'EST TROP DE LA TRICHE !!!
YES ! BUT !
AAAH !!!

Vrrrr
Vrrrr...
Vrrr
Remerciements
Cha Jihyeon
JIHYEON ET SEO JINWOO ONT TOUS LES DEUX SOUFFERT DANS CET ENDROIT...
87 %
00:00
Jihyeon la fripouille
Appel
Messages
OU... EST-CE QUE C'ÉTAIT INÉVITABLE, APRÈS CETTE HISTOIRE ?
EST-CE VRAI-MENT UNE COÏN-CIDENCE... QU'IL SOIT VENU VOIR JIHYEON MAINTENANT ?
SEO JINWOO... QU'EST-CE QUE TU MANI-GANCES ?!

Chapitre 20- Un souvenir refoulé

OÙ EST CHA JIHYEON ?
ÇA NE TE REGARDE PAS. DÉPÊCHE-TOI DE ME RENDRE SON PORTABLE.
AH... OUI.
Fouille
TENEZ. À L'INTÉRIEUR, IL Y A...
Tend
!!!
Clac
QU... QU'EST-CE QUI VOUS PREND ?
Tac
NE BOUGE PAS !!!
JE NE SAIS PAS POUR QUELLE RAISON VOUS FAITES ÇA, MAIS CE N'EST VRAIMENT PAS LE MOMENT.
NOUS DEVONS ARRÊTER L'OPÉRATION DE K.

ARRÊTE TES BÊTISES, CONNARD !
Woush
AARGH !
POURQUOI AS-TU APPROCHÉ JIHYEON ?
QUI ES-TU VRAIMENT ?!!
VOUS ME FAITES MAL, ENLEVEZ VOTRE BRAS, ET...
DÉPÊCHE-TOI DE CRACHER LE MORCEAU ! AVANT QUE JE TE TORDE LE COU !
JE... JE NE SAIS PAS. PUISQUE JE VOUS DIS QUE JE NE ME SOUVIENS DE RIEN !
MAIS K M'A DEMANDÉ DE L'ARRÊTER. IL A DIT QUE LES SEULES PERSONNES CAPABLES DE LE FAIRE ÉTAIENT CHA JIHYEON ET MOI !

MOI AUSSI, JE VEUX SAVOIR QUI JE SUIS !!!
ENFOIRÉ...!
FWIP
ATTRAPE
ARGH !
JE VOUS L'AI DÉJÀ DIT. JE VEUX SAVOIR QUI JE SUIS ET POURQUOI J'AI ÉTÉ MÊLÉ À CETTE AFFAIRE...
HÉ, SEO JINWOO !
TU VAS PRÉTENDRE NE PAS ÊTRE AU COURANT POUR JAHYEWON ?!
PARDON ?

JAHYEWON, VOUS AVEZ DIT ?
ALORS, LUI AUSSI ÉTAIT À JAHYEWON ?
Clic
Clic
Actualités Les ouvriers de l'usine d'Andong, dans
TROUVÉ.
Fait divers
Le scandale de Jahyewon (Synthèse d'articles) Difficile de rester de marbre face à la triste réalité du foyer du bonheur et de l'amour (Jahyewon)
Jahyewon... La préfecture de Séoul ouvre une enquête pour maltraitance sur mineurs
Clic
Le scandale de J
Difficile de reste
réalité du foyer
(Jahyewon)
Journal XX Flash info Politique Faits divers Économie Finance Société National Divertissement Culture Sports
(Faits divers)
Le scandale qui choque la nation toute entière ! Difficile de rester de marbre face à la triste réalité du foyer du bonheur et de l'amour (Jahyewon) qui a été dévoilé au grand jour en 1997.
La plupart des fillettes de plus de treize ans de Jahyewon étaient enceintes ou l'avaient été...
(Photo du pasteur Cheon Gisu avec des enfants du foyer)

CELA FAISAIT 20 ANS QUE CE FOYER ACCUEILLAIT DES ENFANTS...
MAIS L'HORREUR NE S'ARRÊTE PAS LÀ. LES ENFANTS TRAVAILLAIENT LE JOUR...
Schrr Schrr
IL SERVAIT QUOTIDIENNEMENT AUX ENFANTS DE LA NOURRITURE AVARIÉE, PARFOIS DE LA NOURRITURE POUR CHIENS TREMPÉE DANS DE L'EAU EN GUISE DE SOUPE...
ET LA NUIT VENUE, LE PASTEUR LES APPELAIT DANS SA CHAMBRE OÙ ILS SUBISSAIENT DES SÉVICES SEXUELS...
LA VEILLE DE CES RÉVÉLATIONS, UN FEU SE DÉCLENCHA DANS LA MAISON DU PASTEUR, ENTRAÎNANT SA MORT...?
Schrr
!!!
Jahyewon

NE FAIS PAS SEMBLANT ! TU ES ENTRÉ DANS CE FOYER EN 1994 !!
HEIN...? MOI ?
JE N'EN SAIS RIEN. JE NE ME SOUVIENS VRAIMENT PAS...
QUOI...?!

AAAH !
PUTAIN !!!
Woush

BOUM

COMMENT OSES-TU ME RACONTER DES SALADES ?!
Serre
A... ATTENDEZ ! CE N'EST PAS LE MOMENT !
K VA HYPNOTISER DES GENS, LES MENER EN HAUT D'UN IMMEUBLE ET LES FAIRE PLONGER DANS LE VIDE !
TU CONTINUES ?!
ARGH !
?
Ouvre
RÉPÈTE. QU'EST-CE QUE K A L'INTENTION DE FAIRE ?

VOUS CONNAISSEZ LE CONTE DU JOUEUR DE FLÛTE ?
DEMAIN, K VA RASSEMBLER DES GENS, LES HYPNOTISER...
ET FAIRE EN SORTE QU'ILS SE JETTENT DU TOIT D'UN IMMEUBLE TRÈS ÉLEVÉ. C'EST ÇA, LE PROCHAIN SPECTACLE QU'IL COMPTE NOUS OFFRIR.
C'EST INSENSÉ...
Fwip
COMBIEN DE PERSONNES PENSEZ-VOUS QU'IL PUISSE RASSEMBLER ?
Tac
EH BIEN... S'IL A DÉJÀ TOUT PLANIFIÉ...
JE SUPPOSE QU'IL Y AURA BEAUCOUP PLUS DE GENS QUE CE À QUOI ON S'ATTEND.

TOUTES CES PERSONNES DEVIENDRONT DES VICTIMES DE K.
TU ES GENTILLE, HEIN ? MA PETITE JIHYEON...
VIENS LÀ !
AAH...
AAH...
Coule
AAH...

Sourit
IL FAUT QUE TU ENFILES CETTE ROBE POUR QUE DIEU TE BÉNISSE.
ELLE EST BELLE, HEIN ? ELLE T'IRA BIEN.
JE... JE...

JE VEUX PAS !!!
JE VEUX PAS LA METTRE !!!

ENCORE...
TU VAS ENCORE ME DÉSOBÉIR ?!
Baisse
PETITE IDIOTE...
Tap Tap
Fwip
TU PRENDS LA GRÂCE DE DIEU À LA LÉGÈRE ?
AUJOURD'HUI... TU NE T'EN SORTIRAS PAS SIMPLEMENT AVEC DES COUPS DE MARTINET !

MES PAROLES SONT CELLES DE DIEU ! PETITE EFFRONTÉE, TU VAS RECEVOIR UN CHÂTIMENT EXEMPLAIRE !

NON !!!
JE VAIS TE MONTRER CE QUI ARRIVE QUAND ON NE M'OBÉIT PAS !
NON ! JE VEUX PAS !!!
Criic
HEIN ?
LÂCHE-MOI ! JE VEUX PAS !!!
Toi... ?
LÂCHE-MOI !!!

Serre
Frouuh...
SALE GAMIN ! COMMENT OSES-TU SOUILLER CES LIEUX PAR TA PRÉSENCE ?!
CET ENDROIT EST SACRÉ ! SORS !
Tap
!!!
Tchak
AAAAAH !!!
Splash
REPRENDS-TOI, JIHYEON. IL FAUT QU'ON SE DÉPÊCHE DE SORTIR !
D'A... D'ACCORD.

AAAH... PUTAIN ! TU M'AS POIGNARDÉ ?! TU CROIS QUE TU VAS POUVOIR T'EN SORTIR COMME ÇA ?!
JE VAIS TE TUER !!!
OÙ TU VAS ?! AIDE-MOI À ME RELEVER !!!
À CAUSE DE TOI, JE NE VAIS PAS Y ARRIVER TOUT SEUL.
COMMENT OSES-TU DÉSOBÉIR À LA VOLONTÉ DE DIEU TOUT-PUISSANT ?!
Criiii iic
...
H... HEIN ? QUOI ???

AAAAARGH !!!
LE... LE FEU...!!!
Clac
À L'AIDE !!! AU SECOURS !!!
ON Y VA !
JIHYEON, AIDE-MOI !!! AAAAAAAH !!!
Tap Tap Tap
A... ATTENDS !
SI ON LE LAISSE LÀ...
?
Lève
CE TYPE...
Frouuh...

A ÉTÉ PUNI PAR DIEU.
OUI. JE M'EN SOUVIENS MAINTENANT.
MES SOUVENIRS D'ENFANCE... JE NE VOULAIS PAS M'EN RAPPELER... JE LES AVAIS REFOULÉS À LA LISIÈRE DE MA CONSCIENCE.
TOUT CE QUI S'ÉTAIT PASSÉ À JAHYEWON...
LE GARÇON QUI M'AVAIT SAUVÉE...

JOUR J
14 JOURS 22 HEURES
Vrouuum...
CE GARÇON...
Tremble Tremble
IL N'AVAIT PAS DU TOUT L'AIR SECOUÉ... NI QUAND IL A PLANTÉ CE COUTEAU DANS LA JAMBE DU PASTEUR, NI QUAND IL L'A LAISSÉ BRÛLER VIF...
CE TYPE... A ÉTÉ PUNI PAR DIEU.
EST-CE QUE CE SERAIT SEO JINWOO ? OU ALORS... ENCORE QUELQU'UN D'AUTRE ?
JE DOIS ESSAYER DE ME REMÉMORER LES MOMENTS QUE J'AI PASSÉS À JAHYEWON AVEC LUI...

JE POURRAIS PEUT-ÊTRE Y TROUVER DES INDICES POUR CETTE AFFAIRE.
C'EST VRAI !!! JE... LUI AVAIS MÊME PARLÉ.
Tap Tap
JIHYEON !
TU AS ENCORE FAIT LA REBELLE AUJOURD'HUI ?!
Tap

TU TE FAIS TOUT LE TEMPS FRAPPER ET PRIVER DE REPAS…
TU N'AS PAS PEUR ?
…
NON, ÇA NE ME FAIT PAS PEUR DU TOUT.
TIENS, PRENDS…
Tend

DE... DE LA BRIOCHE À LA CRÈME ?
JE L'AI VOLÉE POUR TOI ! HÉ HÉ !
AH, JE SUIS AVEUGLÉE...
PAR LA LUMIÈRE...

TÛÛÛÛÛÛÛ

ÛÛÛT
AH !

Shkriiiiiii.........
BOUM
RAAAH ! QU'EST-CE QUI VOUS A PRIS DE FRANCHIR LA LIGNE BLANCHE ?!
Tap Tap

VOUS VOULEZ MOU... AH ?!
HÉ... HÉ !
RÉVEILLEZ-VOUS !!!
Toc Toc Toc
HÉ !!!
BONJOUR, JIHYEON ! JE SUIS ASSISTANTE SOCIALE.
JE M'APPELLE KIM BOKSHIL.
CE N'EST PAS TRÈS ÉLÉGANT COMME NOM, HEIN ? HA HA HA !

TU AS DÛ ÊTRE TERRIFIÉE PENDANT TOUT CE TEMPS, N'EST-CE PAS ? TU ES EN SÉCURITÉ MAINTENANT.
CE FOYER VA ÊTRE FERMÉ. ON VA T'ENVOYER DANS UN ENDROIT MILLE FOIS MIEUX.
Fwip
OUBLIE TOUT CE QUE TU AS DÛ ENDURER ICI.
TU VAS COMMENCER UNE NOUVELLE VIE LÀ-BAS, D'ACCORD ?
LA DIRECTRICE EST UNE BONNE SŒUR. C'EST UNE PERSONNE FORMIDABLE.
Hoche
Toc Toc

MADAME, NOUS PARTONS.
AH, DÉJÀ ?
C'EST UN ENFANT VRAIMENT TRÈS GENTIL ET INTELLIGENT. OCCUPEZ-VOUS BIEN DE LUI !
OUI. JE VOUS REMERCIE POUR TOUT. NOUS SOMMES RAVIS.
ÉCOUTE BIEN TA MAMAN ET N'OUBLIE PAS DE M'APPELER. TU ME LE PROMETS ?
DIS AU REVOIR À LA DAME.
BIEN, À LA PROCHAINE FOIS !
J'ESPÈRE QUE TOUT SE PASSERA BIEN. OUI, OUI, AU REVOIR ! SOIS GENTIL !

?!!
HÉ !
VOUS ÊTES RÉVEILLÉE ? VOUS M'ENTENDEZ ?
CE... CET HOMME... C'EST LUI...
Lève

Vrouum
PFIOU... SI ON AVAIT OBTENU L'AUTORISATION DE RESTREINDRE L'ACCÈS À CETTE PLACE, JE SERAIS MOINS STRESSÉ.
LE JOUEUR DE FLÛTE... IL Y A FORCÉMENT UN MOYEN D'ARRÊTER CETTE OPÉRATION, NON ?
IL EST MINUIT PASSÉ...
NON... JE NE SUIS PAS SÛR.
Serre
J'AIMERAIS QUE CE NE SOIT QU'UNE FARCE.
Vrrrr
Refuser
Accepter
Messages
Vrrrr...

Chapitre 22 · Le joueur de flûte

COMMENT PEUT-ON FAIRE ÇA ?!
OÙ ES-TU ?! SORS DE TA CACHETTE !
DIS-NOUS QUE CETTE HYPNOSE N'ÉTAIT QU'UNE BLAGUE !
ANNULE L'HYPNOSE ! RENDS-NOUS NOS VIES !
MON DIEU… IL Y A PLEIN DE MONDE, ON PEUT À PEINE BOUGER.
Cric…
LES PÉRIMÈTRES A ET B SONT ÉGALEMENT BONDÉS. ON EST SUBMERGÉS !
QUOI ?!

MAIS, MONSIEUR… LES SUPÉRIEURS SAVAIENT QUE ÇA SE PASSERAIT COMME ÇA, NON ?
C'EST BIZARRE QU'ILS NE NOUS AIENT PAS DONNÉ L'AUTO-RISATION DE RES-TREINDRE L'ACCÈS À LA ZONE !
CE N'EST PAS LE MOMENT DE RÉFLÉCHIR À ÇA.
BON… QUE DISENT LES SUPÉRIEURS ?
AH, EH BIEN… ILS NOUS DISENT D'ATTENDRE.
MONSIEUR, DES RENFORTS ARRIVENT, MAIS ILS SONT BLOQUÉS SUR LA ROUTE POUR LE MOMENT.
MERDE…
DIS-LEUR DE VENIR EN COURANT ! ON A BESOIN D'EUX !
VOUS CONNAISSEZ LE CONTE DU JOUEUR DE FLÛTE ?
DEMAIN, K VA RASSEMBLER DES GENS, LES HYPNOTISER…
ET FAIRE EN SORTE QU'ILS SE JETTENT DU TOIT D'UN IMMEUBLE TRÈS ÉLEVÉ. C'EST ÇA, LE PROCHAIN SPECTACLE QU'IL COMPTE NOUS OFFRIR.
COMBIEN DE PERSONNES PENSEZ-VOUS QU'IL PUISSE RASSEMBLER ?
Tac

EH BIEN... S'IL A DÉJÀ TOUT PLANIFIÉ...
JE SUPPOSE QU'IL Y AURA BEAUCOUP PLUS DE GENS QUE CE À QUOI ON S'ATTEND.
TOUTES CES PERSONNES DEVIENDRONT DES VICTIMES DE K.
ET EN CE QUI CONCERNE L'ACCÈS AUX TOITS ?
ON A ENVOYÉ UNE ANNONCE OFFICIELLE DEMANDANT LA FERMETURE DES ACCÈS AUX TOITS DES IMMEUBLES ÉLEVÉS AUX ALENTOURS. ELLE A ÉTÉ BIEN REÇUE.
J'AI ENVOYÉS DES HOMMES SURVEILLER LES PLUS HAUTS D'ENTRE EUX.
...
ET LUI ?
AH, SI VOUS PARLEZ DE SEO JINWOO, LE BLEU EST AVEC LUI DANS LA VOITURE DE PATROUILLE.
Pointe

D'AILLEURS, VOUS ÊTES SÛR POUR LES MENOTTES ?
NON ! MAIS IL POURRAIT ÊTRE K.
ALTERCATION ENTRE LES CIVILS ET LES FORCES DE L'ORDRE DANS LE PÉRIMÈTRE B, SITUÉ À 1H DEVANT L'IMMEUBLE XX. DEMANDE DE RENFORTS !
Criic
RISQUE QUE LA SITUATION DÉGÉNÈRE ! IL FAUT RÉGLER ÇA RAPIDEMENT ET DANS LE CALME !
AH, SÉRIEUX ! ILS NOUS RAJOUTENT DU BOULOT ! VRAIMENT !
Tap Tap Tap
POLICE
LA SITUATION EMPIRE ! DEMANDE DE NOUVEAUX RENFORTS !
Cric
Criic
RASSEMBLEZ DES HOMMES !!! IL FAUT LES MAÎTRISER !
OÙ SONT LES NOUVEAUX RENFORTS ? QUE TOUS LES HOMMES À PROXIMITÉ NOUS VIENNENT EN AIDE !!!
AAH... JE FAIS QUOI ?
SI LES RANGS S'EFFONDRENT, ON AURA UN GROS PROBLÈME...
Fwip
AH, TANT PIS, J'Y VAIS ! MONSIEUR, VEUILLEZ RESTER ICI ET NE RIEN TENTER, D'ACCORD ?
Clac

CHEFS, JE FONCE VOUS REJOINDRE !
Clac
Serre
CRAC
Tap Tap Tap

RENDS-NOUS UNE VIE NORMALE !!!
ANNULE L'HYPNOSE
RENDS-NOUS NOS VIES !
MONTRE-TOI, K !
VIENS NOUS MONTRER QUI TU ES !
Woush
SORS DE TON TROU, K !
Woush
DÉFAIS L'HYPNOSE !
IL NE RESTE PLUS QUE TRENTE MINUTES...
IL VA SÛREMENT COMMENCER À L'HEURE EXACTE.

JE SUPPOSE QU'IL VA ESSAYER DE CAPTER LEUR ATTENTION AVANT DE LES HYPNOTISER, COMME POUR L'OUVERTURE D'UN SPECTACLE...
MAIS COMMENT IL COMPTE FAIRE AVEC TOUT CE CHAOS... ?
DANS SES VIDÉOS, IL A PU LES HYPNOTISER GRÂCE À LEUR CONCENTRATION.
MAIS LA SITUATION EST COMPLÈTEMENT DIFFÉRENTE. JE NE VOIS PAS COMMENT ILS POURRAIENT RÉUSSIR À SE CONCENTRER.
QUELLE MÉTHODE VAS-TU UTILISER POUR HYPNOTISER TOUTES CES PERSONNES, K ?!
VOUS DEVEZ RESTER ICI JUSQU'À NOUVEL ORDRE.
JE NE VEUX PERSONNE SUR LE TOIT, COMPRIS ?

OUI !
Tap Tap
OH ?
HÉ ! C'EST UNE ZONE INTERDITE. VOUS NE POUVEZ PAS MONTER. REDES-CENDEZ TOUT DE SUITE.
Sourit

...?
Clac
Tap Tap
Tap Tap
Tap Tap

&#$%&
*%^#@&
Tap Tap
Brouhaha
Brouhaha
Brouhaha
MONTRE-TOI, K !
OÙ ES-TU ?! VIENS !
Brouhaha
MONTRE-NOUS QUI TU ES VRAIMENT !

DIS-NOUS QUE L'HYPNOSE N'ÉTAIT QU'UNE PLAISANTERIE !!!
ANNULE L'HYPNOSE !
RENDS-NOUS NOS VIES !!!

Chapitre 23- L'ouverture du spectacle

C'EST L'HOMME DE MAIN DE K.
Hoche
VOUS N'AVEZ RIEN À CRAINDRE.
AH, LE TUEUR À SA SOLDE... LA FAMEUSE "OMBRE" DE K.
Tap
Tchac
LES ANCIENS SONT IMPATIENTS DE VOIR COMMENT ÇA VA SE PASSER.

JE SUIS SÛRE QU'ILS SERONT SATISFAITS.
SATISFAITS ? CE MOT NE FAIT PAS PARTIE DE LEUR VOCABULAIRE.
FWIP...
ON NE SAIT MÊME PAS SI L'HYPNOSE FINALE SE RÉALISERA. N'ÊTES-VOUS PAS UN PEU TROP CONFIANTE ?
...
ET SI, APRÈS LA DÉMONSTRATION D'AUJOURD'HUI, TOUS LES PAYS ENTRAIENT EN ÉTAT D'URGENCE ? CE SERAIT UN CATACLYSME MONDIAL.
LES ANCIENS POURRAIENT OBTENIR LE CONTRÔLE QU'ILS SOUHAITENT AVOIR.
SI K LEUR FAIT DON DE CE PRÉSENT... ALORS, SERONT-ILS SATISFAITS ?

QUOI... ?
JOUR J
14 JOURS 05 HEURES
BONJOUR À TOUS !!!
JE SUIS HAMO, DE HAMO TV !
Brouhaha
Brouhaha...
JE N'AVAIS VRAIMENT PAS L'INTENTION DE TRAVAILLER AUJOURD'HUI. JE COMPTAIS PASSER LA JOURNÉE DANS MON LIT.
JE ME SUIS SURPASSÉ DANS LE LIVE D'HIER, N'EST-CE PAS ?
Brouhaha...
ALORS, POURQUOI SUIS-JE ICI ?

À CAUSE... DE ÇA !!!
Le "Magicien K" annonce un nouveau spectacle après sa dernière séance d'hypnose prophétisant le suicide de tous les spectateurs !
HIER SOIR, LES RÉSEAUX SE SONT ENFLAMMÉS SUITE À CETTE NOUVELLE ! UNE SURPRISE TOTALE !
C'EST POUR ÇA, QUE JE SUIS VENU ICI VOIR K EN PERSONNE !
VOUS SAVEZ TOUT ! C'EST LE BAZAR COMPLET, ICI !
TOUS CES GENS SONT RASSEMBLÉS POUR VOIR SON SPECTACLE...
ENFIN BREF ! K RÉAPPARAÎT POUR LA PREMIÈRE FOIS DEPUIS SA DERNIÈRE SÉANCE D'HYPNOSE...
JE NE SAIS PAS QUEL TOUR AFFREUX IL VA ESSAYER DE NOUS JOUER AUJOURD'HUI, MAIS JE COMPTE BIEN PRENDRE MON COURAGE À DEUX MAINS ET VOUS MONTRER TOUT, DU DÉBUT À LA FIN.

HAMO TV !
C'EST PARTI !
OOOOOOOH !!!
?!!
ON DIRAIT QU'IL SE PASSE DÉJÀ QUELQUE CHOSE ! FILME DE CE CÔTÉ, LÀ-BAS !
IL SEMBLERAIT QU'IL SE PASSE QUELQUE CHOSE SUR LA PLACE !
QUELQU'UN SE TIENT DEBOUT TOUT EN HAUT DE L'IMMEUBLE XX !!!

QU'EST-CE QU'IL FAIT ? C'EST DANGEREUX !
!!!
OOOH ?!
MONSIEUR, MONSIEUR !
Tap Tap Tap
Fwip...
ON A UN PROBLÈME !!!
HEIN ?
QUOI ? IL S'EST PASSÉ QUELQUE CHOSE ?
Pointe
EH BIEN, PAS VRAIMENT, MAIS... REGARDEZ ! SEONGGUK EST MONTÉ SUR LE TOIT...
MARMONNE MARMONNE...
MARMONNE...
QUE... QUOI ? MAIS QU'EST-CE QU'IL FICHE LÀ-HAUT ?
ÇA... ÇA A L'AIR DANGEREUX !

Brouhaha
OOH ! IL EST BEAUCOUP TROP PRÈS DU BORD !
HEIN ?! ON DIRAIT QU'IL VA SAUTER !!!
EST-CE QUE C'EST K ?
Brouhaha
Brouhaha
QUELQU'UN DEVRAIT ESSAYER DE L'ARRÊTER, NON ?
Se penche...
WOUUUSH
!!!
BOUM
!!!

HIIII !!!
AH... AH !
!!!
Brouhaha
CO... COMMENT...?
Brouhaha
LÀ... LÀ-BAS !!!
Montre
?!!
!!!
Tap
AAAAAAH !!!
HIII !
BOUM

QUELQU'UN...
VIENT DE TOMBER...?
HIIIII !!!
Woush
Fwip
?!
하모TV

Boum
AAH...
UUUURGH...
Swouush
HIIIII !!!
AAH !!!
AAAAAH !
CE N'EST QUE LE DÉBUT...
SON BUT... ÉTAIT D'ATTIRER LEUR ATTENTION.
CE QUI VEUT DIRE...

QUE LE VRAI SPECTACLE COMMENCE MAINTENANT !
WiouuWiouu
UNE SIRÈNE ?
Wiouu Wiouu
AH ! C'EST... QUOI, ÇA ?!
ATTENTION !
Wiouu Wiouu
QU'EST-CE QUI LUI PREND ?!
ARGH !
AAAH !!!
Bam
Wiouu
Wiouu...
C'EST VRAIMENT LA POLICE ? QU'EST-CE QU'ILS FICHENT ?!
CRIC !
CRIIC...
Brrr...
CRIIC !!!

CRIII...
BIIIP !
NON...?
♫♩♫♩...
C'EST LE SON D'UNE FLÛTE !!!
♫♪♫♬♩
♫♩♫♩
♫♪♫♬♩...
LE SPECTACLE... VIENT DE COMMENCER !!!

Chapitre 24 · Le son de la flûte

SEONGGUK !!!
QU'EST-CE QUI T'A PRIS DE FAIRE ÇA ?!! POURQUOI TU...?!
Tap Tap Tap Tap
LE PÉRIMÈTRE B EST SOUS CONTRÔLE !
Cric
Criic
LE PÉRIMÈTRE A DOIT L'ÊTRE AUSSI LE PLUS RAPIDEMENT POSSIBLE ! IL FAUT...
DONNE !!!
Tac
MON... MONSIEUR ?!

BANDE DE CONNARDS ! QUELQU'UN EST MORT !!!
SEONGGUK S'EST ÉCRASÉ EN BAS D'UN IMMEUBLE, ENFOIRÉS !!!
SI ON NE SUPERVISE PAS LA ZONE, IL POURRAIT SE PASSER QUELQUE CHOSE D'ENCORE PIRE...
Criic
Fwip
LA FERME, CRÉTIN !
PARK GWANGSU ! OÙ EST-IL ? DIS-LUI DE SE RAMENER !!!
IL EST AU CENTRE DE COMMANDEMENT.
CE SONT SES ORDRES. CONTENEZ LE PÉRIMÈTRE A.
Cric
ON VERRA ÇA PLUS TARD, IMBÉCILES !
HÉ ! ON MONTE !

ON VA ATTRAPER LE TYPE QUI A POUSSÉ SEONGGUK A SAUTER !
ENTENDU !
DE LA FLÛTE ?!
ÇA VIENT D'OÙ...?

!!!
JOUR J
14 JOURS 05 HEURES
AAH...
AAH...
HAA...
JE SUIS AU BOUT
DE MA VIE !
LE
SON D'UNE
FLÛTE ?
L'OPÉRATION A
DÉJÀ COMMENCÉ ?!
JE SUIS ARRIVÉE
TROP TARD ?
Tap Tap Tap
Tap Tap

♪♩...
JE M'Y ATTENDAIS, MAIS IL Y A VRAIMENT BEAUCOUP DE PERSONNES...
OÙ EST DONGCHEOL ?
POURQUOI IL N'EST PAS EN TRAIN DE CONTRÔLER LA ZONE ?!
IL Y A TROP DE MONDE. JE N'ARRIVE PAS À VOIR CE QUI SE PASSE.
HOP LÀ !
Saute
ON DIRAIT BIEN QUE LA PLUPART SONT SOUS HYPNOSE...
♪♩...

MAIS IL Y EN A PAS MAL SUR QUI ÇA NE MARCHE PAS...
LE SON DE LA FLÛTE NE M'ATTEINT PAS NON PLUS. JE SUPPOSE QU'ON NE REMPLIT PAS LES CONDITIONS NÉCESSAIRES À L'HYPNOSE.
Woush
OH ?!
CE TYPE... ?!

C'EST LUI, LE JOUEUR DE FLÛTE ?!
SI ÇA SE TROUVE, IL SUFFIT QUE JE L'ATTRAPE POUR ARRÊTER LE SPECTACLE !!!
Tap Tap Tap
C'EST VRAI ! J'AI LU QUE K SERAIT PRÉSENT !
Tap
Repro duction de clés
HÉ ! NE BOUGE PAS...
Fwip...
Tap Tap Tap Tap
...

Sourit
HÉ, TOI !!! ARRÊTE-TOI !
Tap Tap Tap
LA PROCHAINE ÉTAPE DE SON PLAN EST DE RASSEMBLER TOUS CES GENS EN HAUT DES IMMEUBLES...
Tap Tap Tap
TOUS CEUX QUI ONT SAUTÉ ÉTAIENT DES POLICIERS, POUR L'INSTANT...
JE SUIS SÛR QU'IL VA UTILISER LES QUATRE IMMEUBLES QUI ENTOURENT LA PLACE !
IL FAUT QUE JE DISE AU BRIGADIER DE BLOQUER LES ENTRÉES ! COMME ÇA, LE SPECTACLE NE POURRA PLUS CONTINUER !
MAIS OÙ EST-IL ? SI ON NE FAIT PAS ÇA TRÈS VITE, IL SERA TROP TARD...
Fwip
Fwip

AH ?!
Fwip
BRIGADIER !!!
BRIGADIER !
...
Tap
Tap
Tap
K VA SE SERVIR DES IMMEUBLES D'OÙ SONT TOMBÉS LES POLICIERS ! IL FAUT EMPÊCHER LES GENS D'Y ACCÉDER !
?!
S'arrête
MÊME LUI... A ÉTÉ HYPNOTISÉ ?!
Tap
Tap
Tap
Tap

HÉ, TOI !
Tap Tap
REVIENS PAR LÀ !!!
Tap...
JE T'AI DIT DE RESTER LÀ !!! TU NE M'ENTENDS PAS ?!
IL M'IGNORE, CET ENFOIRÉ ?!
Woush
AUJOURD'HUI, C'EST TON JOUR !
Tap Tap Tap
JE VAIS TE DONNER UNE LEÇON !
OH ?!

!
Tap Tap Tap...
CEUX-LÀ SONT TOUS HYPNOTISÉS !
Recule

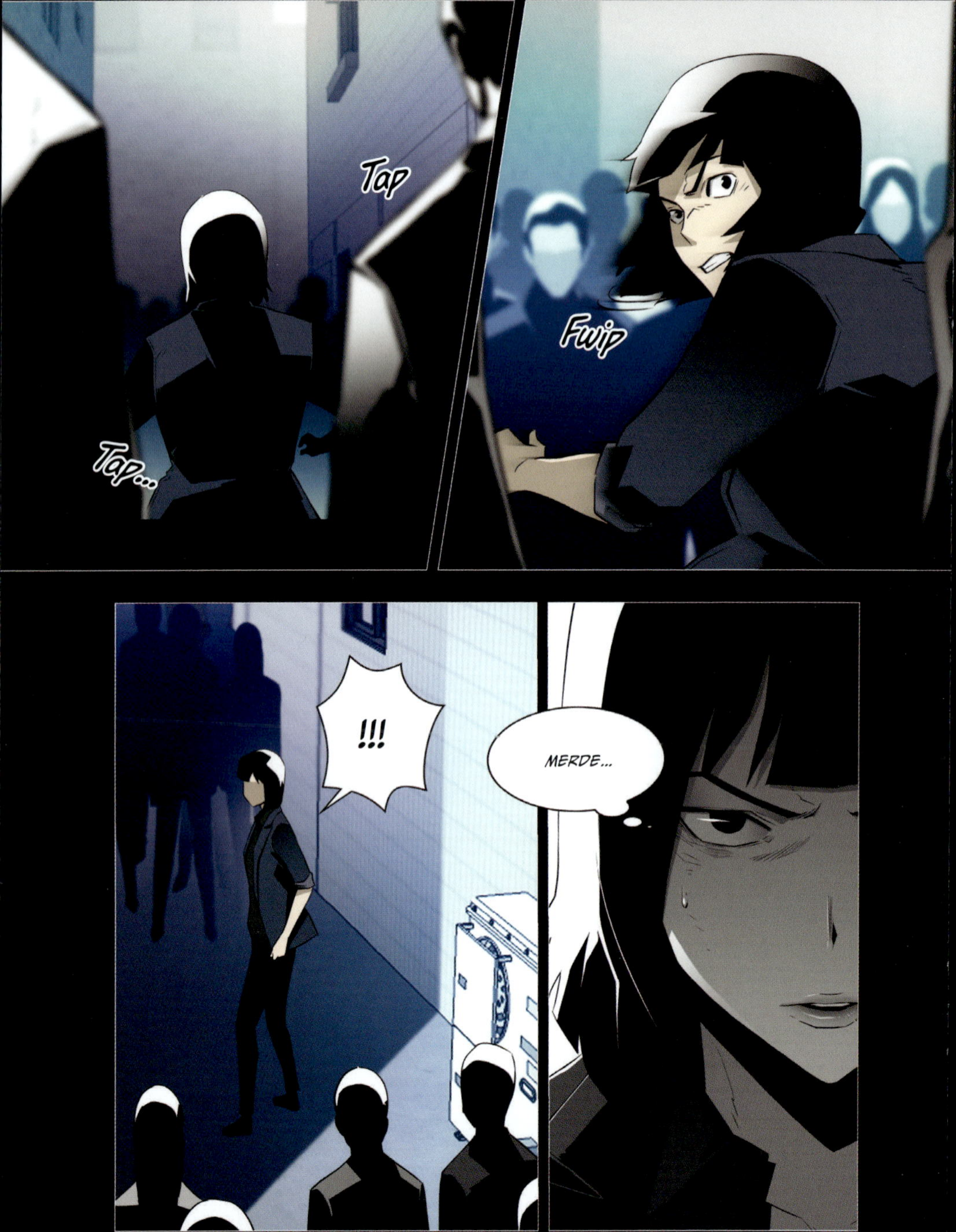
Tap
Tap...
Fwip
!!!
MERDE...

ENCORE CETTE FLÛTE...?
?!
Tap
Tap
ILS SUIVENT LE SON.
Tap
Tap

!!!
♫♬♩
♫♩♫♩
Tap Tap
NON !!!
SI ÇA CONTINUE, ILS VONT TOUS MOURIR !
JOUR J
14 JOURS 05 HEURES
CES GENS SONT EN TRAIN DE SUIVRE LE SON DE LA FLÛTE ET D'ENTRER DANS LES QUATRE IMMEUBLES ENTOURANT LA PLACE !

JE DOIS ATTRAPER LE TYPE AVEC LA FLÛTE !
Paf
C'EST LE SEUL MOYEN D'ARRÊTER ÇA ! AÏE !
C'EST HORRIBLE. LE SPECTACLE CONTINUE !
IL SUFFIT POURTANT JUSTE DE LES EMPÊCHER DE MONTER DANS CES IMMEUBLES !!!
AH, C'EST VRAI ! IL Y A DES GENS SUR QUI ÇA N'A PAS FONCTIONNÉ !
MAIS QU'EST-CE QUI SE PASSE ?
K A DÛ LEUR LANCER UNE MALÉDICTION.

AIDEZ-MOI ! IL NE FAUT PAS QU'ILS ENTRENT DANS CES IMMEUBLES !
K VA ATTIRER CES GENS EN HAUT DES IMMEUBLES AU SON DE LA FLÛTE...
ET LES FAIRE SAUTER DU TOIT !
HEIN ?
Attrape
C'EST POUR ÇA QUE J'AI BESOIN DE VOTRE AIDE !
IL FAUT QU'ON BLOQUE LES ENTRÉES, LES GENS NE POURRONT PAS RENTRER...
Serre
ET LE SPECTACLE S'ARRÊTERA !
AH...
POURQUOI VOUS ME DEMANDEZ ÇA À MOI ? IL Y A PLEIN D'AUTRES PERSONNES ICI...
HEIN ?
MAIS, SI VOUS NE M'AIDEZ PAS, CES GENS...
...?
Fwip

QUOI ?!
ET SI ON SE FAISAIT HYPNOTISER, NOUS AUSSI ?
ET NOUS, ALORS ?
IL SE PREND POUR QUI À NOUS DEMANDER DE NOUS METTRE EN DANGER ?!
DES GENS VONT MOURIR DEVANT LEURS YEUX...
COMMENT PEUVENT-ILS RESTER LÀ SANS RIEN FAIRE, COMME SI ÇA NE LES REGAR-DAIT PAS ?
COMMENT ??
Serre
DIRE QUE J'AI FAIT TOUS CES EFFORTS POUR LES SAUVER...
?
DITES !
Fwip
ON PEUT LES EMPÊCHER DE SAUTER DU TOIT ?
COMMENT ON S'ORGANISE ?

J'AI VU CES POLICIERS S'ÉCRASER PAR TERRE ! C'EST CE QUE K COMPTE FAIRE AVEC TOUS CES GENS, N'EST-CE PAS ?
COMMENT PEUT-ON LES ARRÊTER ? DITES-NOUS !
...
ON N'Y ARRIVERA PAS.
?!
QUOI ?
ON EST TROP PEU.
IL FAUT BLOQUER L'ACCÈS AUX IMMEUBLES, MAIS...
Tremble
À QUATRE, ON N'Y ARRIVERA PAS.
À QUATRE ? VOUS VOUS TROMPEZ !
...?
하모TV

J'AI PLEIN D'HAMOS PAR ICI.
Pointe
ILS AVAIENT L'AIR D'AVOIR PEUR ALORS JE LEUR AI DIT DE VENIR ME REJOINDRE.
LES VOILÀ !
LES HAMOS, ON SE DÉPÊCHE ! ALLEZ, ALLEZ !
Tap Tap Tap Tap...
BIEN ! ON EST BEAUCOUP PLUS NOMBREUX MAINTENANT !
Tap Tap Tap
Tap Tap
VOUS PENSEZ QUE ÇA IRA ?
Tap Tap...
Brouhaha
Brouhaha
AH, SÉRIEUX! ON A L'AIR DE QUOI, MAINTENANT ?!
Brouhaha
ILS SE PRENNENT POUR QUI ?
Brouhaha
Brouhaha
QUI VA LES INDEMNISER S'ILS SE BLESSENT ?

RAH...
ÇA Y EST, ON PASSE POUR LES MÉCHANTS DE L'HISTOIRE.
ILS PENSENT QUE K NE VA RIEN FAIRE ?
ILS PENSENT VRAIMENT QU'IL NE VA RIEN LEUR ARRIVER ?
TOUT D'ABORD...
IL FAUT QUE VOUS BLOQUIEZ LES ACCÈS AUX IMMEUBLES.
하모TV
IL Y EN A QUATRE, AU TOTAL.
MÊME SI ON BLOQUE UN SEUL IMMEUBLE, ON PEUT RÉDUIRE D'UN QUART LE NOMBRE DE VICTIMES.
AH LÀ LÀ... VOUS VOYEZ TROP PETIT !
Tac...
VOUS AVEZ TOUS ENTENDU ?! CE N'EST PAS UN CANULAR !

DES GENS SOUS HYPNOSE SONT EN TRAIN DE SE DIRIGER VERS LES QUATRE IMMEUBLES D'OÙ SONT TOMBÉS LES POLICIERS, TOUT À L'HEURE.
K A L'INTENTION DE LES FORCER À SE JETER DES TOITS. C'EST DE LA FOLIE !
ALORS SI VOUS EMPÊCHEZ CES PERSONNES D'ENTRER À L'INTÉRIEUR DE CES BÂTIMENTS...
ON POURRA ÉVITER LA CATASTROPHE !
Fwip
NOUS SOMMES QUARANTE, POUR L'INSTANT ! NOUS ALLONS NOUS OCCUPER DU BÂTIMENT À GAUCHE !
Tac
SI JAMAIS VOUS ÊTES DANS LES PARAGES...
Hamo a trop la classe ! Malheureus
je suis à Busan TT Je vous encourag
Défoncez K !!!
CoursHamo(cliff2017) :
Je suis à cinq minutes. Je fonce !!!
Hamo fan
C'est parti !!!
Hamo fan
Attendez-m
FONCEZ VERS L'IMMEUBLE LE PLUS PROCHE ET BLOQUEZ LES ENTRÉES !
ON Y VA !!!
PUTAIN, C'EST PARTI !
ALLONS-Y !
GO !!!
Tap Tap Tap Tap...

JE VAIS VOUS AIDER.
?
OÙ EST-CE QU'IL FAUT QUE J'AILLE ?
FWIP
JE... VAIS AIDER AUSSI.
ALLONS-Y, PAR LÀ !
SI MÊME LES JEUNES Y VONT...
TROP LA HONTE ! J'Y VAIS AUSSI !
...
LES GENS... COMMENCENT À SE BOUGER !
♫♪♫♬♩...
♫♪♫♪♩
♪♩♪...

ARGH !
♫♫♫!...
SI JE LE CHOPE, LES GENS S'ARRÊTERONT !
Paf
AH !
JE DOIS À TOUT PRIX METTRE FIN À ÇA !!!

Chapitre 26- Tour de magie

ILS CONTINUENT DE POUSSER !
À GAUCHE, UNE PERCÉE !
ON A BESOIN D'AIDE, ICI !
ILS FONT CE QU'ILS PEUVENT POUR DÉFENDRE LES ENTRÉES...
MAIS CETTE MÉTHODE A SES LIMITES. IL VONT FINIR PAR CÉDER.
!!!
IL DOIT Y AVOIR UN MOYEN DE BRISER CETTE HYPNOSE. IL FAUT QUE JE RÉFLÉCHISSE !
LE SON !!!

ILS RÉAGISSENT AU SON DE LA FLÛTE !
ET SI JE FAISAIS DU BRUIT POUR LE RECOUVRIR ?!
ÇA PEUT MARCHER !!!
JOUR J
14 JOURS 05 HEURES
!!!
Tap
Tap
Tap
QU'EST-CE QUE... C'EST QUE ÇA ?
ILS RESSEMBLENT TOUS À DES ZOMBIES.
ON EST ARRIVÉS TROP TARD ?
HÉ !
?
Tap
Tap
Tap

QUE... QUE VOULEZ-VOUS ?
C'EST QUI, CE MONSIEUR ?
AAH
AAH
J'AI BESOIN DE VOTRE MÉGAPHONE.
HEIN ?
POUR BRISER L'HYPNOSE, IL FAUT UN SON PLUS FORT !
AAH
AAH
QU'EST-CE QUE... L'HYPNOSE PEUT ÊTRE BRISÉE PAR LE SON ?
SSASSIN
ALLEZ, DÉPÊCHEZ-VOUS ! ILS VONT SE JETER DANS LE VIDE SI ON ATTEND TROP !
O... OK.
TENEZ ! VOUS N'AVEZ PAS BESOIN DE TOUCHER CE BOUTON.
Tend...
EN REVANCHE, CEUX SUR LE MICRO SERVENT À ÉMETTRE UNE SIRÈNE, ENREGISTRER, ET REDIFFUSER.

MERCI !
Tap Tap
HAA… OUF ! LE BRIGADIER N'EST PAS ALLÉ BIEN LOIN.
Haa Haa
JE VAIS LE RÉVEILLER EN PREMIER, COMME ÇA, IL POURRA M'AIDER.
DOHAE
MONSIEUR LE BRIGADIER ! REPRENEZ VOS ESPRITS !
Tchac
S'IL VOUS PLAÎT !
Wiouu Wiouu Wiouu

Wiouu Wiouu
ALLEZ !
PAR PITIÉ !!!
Wiouu
!!!
Fwip...
Wiouu Wiouu Wiouu
Tap
Tap
QUOI ?! POURQUOI ÇA NE MARCHE PAS ?
Wiouu
Wiouu
Wiouu Wiouu

MERDE !
Wiouu
Fwip
Fwip
JE ME SUIS TROMPÉ ?
Wiouu Wiouu
COMMENT JE PEUX FAIRE POUR LEVER L'HYPNOSE ?!
Wiouushr
IL NE ME RESTE PLUS BEAUCOUP DE TEMPS...
Tziiii
OH MON DIEU ! QU'EST-CE QUI LUI ARRIVE ?!!
Tziiii
Tressaille
iiiiiiii
PFIOU... C'EST BON ! ÇA M'A DÉCHIRÉ LES TYMPANS.
J'AI APPROCHÉ LE MICRO TROP PRÈS. ÇA A PROVOQUÉ UN LARSEN.

PUNAISE... JE VAIS ÊTRE OBLIGÉ DE REGARDER SON SPECTACLE...
SANS RIEN POUVOIR FAIRE.
ILS SE SONT... RÉVEILLÉS ?
Brouhaha
Brouhaha
Lève
Brouhaha
HEIN ? QU'EST-CE QUI S'EST PASSÉ ? JE NE ME SOUVIENS DE RIEN !
J'AI ENTENDU COMME UNE FLÛTE, ET...
!!!
ET LE SPECTACLE ? NE ME DITES PAS QU'ON A ÉTÉ HYPNOTISÉS !
HÉ !!! SEO JINWOO !
?!
Brouhaha
Brouhaha
TOI !!! COMMENT TU ES SORTI DE LA VOITURE DE PATROUILLE, HEIN ?!
C'EST QUOI, ÇA ? QU'EST-CE QUI SE PASSE ?!
BRIGADIER !!!

AH, JE LE VOIS ! J'Y SUIS PRESQUE !

OH ? UN INSTANT... IL VA EMMENER TOUS CES GENS JUSQU'AU TOIT EN MARCHANT ?
C'EST BIZARRE...
Tac
CET IMMEUBLE FAIT PLUS DE TRENTE ÉTAGES. IL NE VA QUAND MÊME PAS PRENDRE LES ESCALIERS ?
J'ÉTAIS TROP OCCUPÉE À LUI COURIR APRÈS POUR Y RÉFLÉCHIR !
Tap Tap Tap
CE NE SERAIT PAS LOGIQUE QU'IL FASSE ÇA !
Tap Tap Tap Tap
BON, IL FAUT D'ABORD QUE JE LE RATTRAPE.
JE LUI FERAI CRACHER LE MORCEAU !

?!
LE SON DE LA FLÛTE S'EST ARRÊTÉ ?!
Se fige
OÙ EST-CE QU'IL S'EST ENCORE ENVOLÉ ?!
JE L'AI VU MONTER...
Clac
!!!
LÀ-BAS ?!
Tap Tap Tap...
Ding
Wouush

QU'EST-CE QU'IL FICHE ?
06
QU'EST-CE QU'IL PRÉPARE ?
07
IL LES ABANDONNE TOUS EN BAS ET IL PREND L'ASCENSEUR ?
JE LE SENS MAL...
AAAH !!!
AH ! AIDEZ-MOI !
JE N'EN PEUX PLUS !!!
Poussent Poussent
Patatras
ARGH !
AAAH !
Fwiiip
Boum
ARGH !!!

Crac...
!
NON ! N'ENTREZ PAS !!!
Attrape
Tziiii
AAAAH ! C'EST QUOI, CE BRUIT ?!!
iiiiiii
iiiiiii

iiiiiiiiiiiii
Tziiiii
iiiiii...
iiiiiiii

Chapitre 27 · Une mélodie incessante

POURQUOI TU FAIS CETTE TÊTE ? HÉ, TU NE T'EN REMETS PAS ?
...?
OUAAAAH !!!
ON L'A FAIT ! ON LES A SAUVÉS !!!
OUI ! ON LES A SAUVÉS !
REGARDE !
ON A VRAIMENT RÉUSSI !!!
Brouhaha
Brouhaha
Brouhaha
Brouhaha
ON A STOPPÉ K !
AH, C'EST VRAI ! IL FAUT FILMER ! C'EST UN MOMENT HISTORIQUE, JE NE PEUX PAS RATER ÇA !
ALLEZ !
JE SAIS ! J'AI DÉJÀ COMMENCÉ LE LIVE !
Brouhaha
ON... ON A RÉUSSI ?
Brouhaha
Brouhaha
...

MONSIEUR LE BRIGADIER ! JE SAIS COMMENT BRISER L'HYPNOSE !
HEIN ?! COMMENT ?
COMME JE L'AI FAIT AVEC VOUS...
IL FAUT LES RÉVEILLER AVEC UN SON PLUS FORT QUE CELUI DE LA FLÛTE.
MAIS COMMENT TU VEUX FAIRE ÇA AVEC TOUS CES GENS ?
C'EST IMPOSSIBLE AVEC UN SEUL MÉGAPHONE.
SI. ON N'A QU'À UTILISER LA MÊME MÉTHODE QUE K !

LA MÊME MÉTHODE...?
C'EST-À-DIRE...
ÇA ?
Pointe
SEO JINWOO... ON L'A ÉCHAPPÉ BELLE GRÂCE À LUI. ET DIRE QUE JE PENSAIS QUE C'ÉTAIT K...
Pfiou
JE VAIS DEVOIR M'EXCUSER LA PROCHAINE FOIS QUE JE LE VERRAI.
MONSIEUR !
NOUS AVONS RÉCUPÉRÉ LES CADAVRES, BLOQUÉ LES ENTRÉES DES IMMEUBLES ALENTOURS ET ENVOYÉ DES ÉQUIPES SUR LES TOITS.
FWIP
AH, BIEN !
Bam
CE DÉMON DE K EST SÛREMENT EN TRAIN D'OBSERVER SON SPECTACLE !
NOUS DEVONS L'ATTRAPER AVANT QU'IL NE PARTE !!!
Grrrr
BON, ET SI ON TERMINAIT CETTE OPÉRATION QUI COMMENCE SÉRIEUSEMENT À ME FATIGUER ?
OUI !
ALLONS-Y !

Brouhaha
BON, ON A RÉUSSI À DÉJOUER L'OPÉRATION DU JOUEUR DE FLÛTE.
Brouhaha
Brouhaha
MAIS POURQUOI JE N'AI PAS VU K ?
!!!
LORSQUE SON SPECTACLE COMMENCE, LE MAGICIEN EST FORCÉMENT SUR SCÈNE...
AU PIRE, IL AURAIT DÛ Y AVOIR UN SIGNE...
Se fige
EST-CE QUE...

LE SPECTACLE N'EST PAS ENCORE FINI ?!
TOUT A L'AIR DE BIEN SE PASSER.
J'IMAGINE QUE VOUS N'AVEZ PAS FANFARONNÉ DEVANT LES ANCIENS JUSTE POUR LEUR MONTRER ÇA...
QU'EST-CE QUE VOUS COMPTEZ FAIRE ?
COMME VOUS LE SAVEZ, LES SPECTACLES DE MAGIE SE DÉROULENT EN PLUSIEURS ACTES.
EN PLUSIEURS ACTES ? L'OPÉRATION DU JOUEUR DE FLÛTE N'EST PAS TERMINÉE ?
VOYEZ ÇA COMME UN STRATAGÈME POUR GARDER LE SPECTATEUR EN HALEINE.
K A PRÉPARÉ UN VÉRITABLE SPECTACLE POUR TUER DES MILLIERS DE PERSONNES ?
CE N'EST VRAIMENT PAS UN TYPE NORMAL.

IL Y A QUELQUE CHOSE QUI M'A INTERPELLÉ QUAND JE REGARDAIS L'OPÉRATION.
LE SON DE LA FLÛTE...
A RÉUSSI À HYPNOTISER CERTAINES PERSONNES, MAIS PAS D'AUTRES. QUELLE EN EST LA RAISON ?
C'EST UN COMPORTEMENT PAR APPRENTISSAGE.
CONTRÔLER QUELQU'UN JUSTE AVEC LE SON D'UNE FLÛTE EST IMPOSSIBLE, MÊME POUR K.
VOUS VOULEZ DIRE QUE CE SONT CEUX QUI ONT SUIVI LA DERNIÈRE SÉANCE D'HYPNOSE DE K QUI SONT TOMBÉS DE NOUVEAU SOUS SON EMPRISE ?
Fwip...
OUI, C'EST FACILE D'HYPNOTISER DES PERSONNES QUI L'ONT DÉJÀ ÉTÉ.
ET PUIS, LES GENS QUI SONT VENUS ICI ATTENDAIENT INCONS-CIEMMENT QUELQUE CHOSE DE LA PART DE K.
UN ÉTAT IDÉAL POUR L'HYPNOSE.
ALORS... LE SPECTACLE CONTINUE ?
OUI, NOUS ARRIVONS AU CLIMAX.
32
Ding
S'ouvrent...

ILS LES HYPNOTISENT, LES AMÈNE ICI, LES PLANTE DANS LES ESCALIERS ET SE BARRE AVEC L'ASCENSEUR ?
Tap Tap Tap...
MAIS QU'EST-CE QU'IL FABRIQUE ?!
OH ?
Tac
ENCORE CETTE FLÛTE ? MAIS COMMENT... ?
Fwip...
ÇA VIENT DE LÀ !!!
IL SE SERT DES HAUT-PARLEURS !
ET SI... ?
C'EST ÇA ! K NE VISAIT PAS LES GENS DANS LA RUE...
Tap Tap Tap...
MAIS CEUX À L'INTÉRIEUR DES BÂTIMENTS !
DANS CE CAS...!!!

Clac
JE LE SAVAIS !!!
Ouvre
!!!
LE TOIT !!! LE JOUEUR DE FLÛTE EST SUR LE TOIT !
JE N'AI PAS DE TEMPS À PERDRE !!!
BOUGEZ-VOUS ! ALLEZ !

Paf
PUNAISE ! DÉGAGEZ !
Boum
JE DOIS ALLER SUR LE TOIT !!!
K ! ESPÈCE D'ENFOIRÉ !!!
♫ ♩♫♪...
♫♬♪♩♪♫♩
♪♫♫♬♩

MIRROR GAME
MIRROR GAME
Scénario Sunny × Dessins Baolong
03
À paraitre le 5 janvier 2023
KOYOHAN

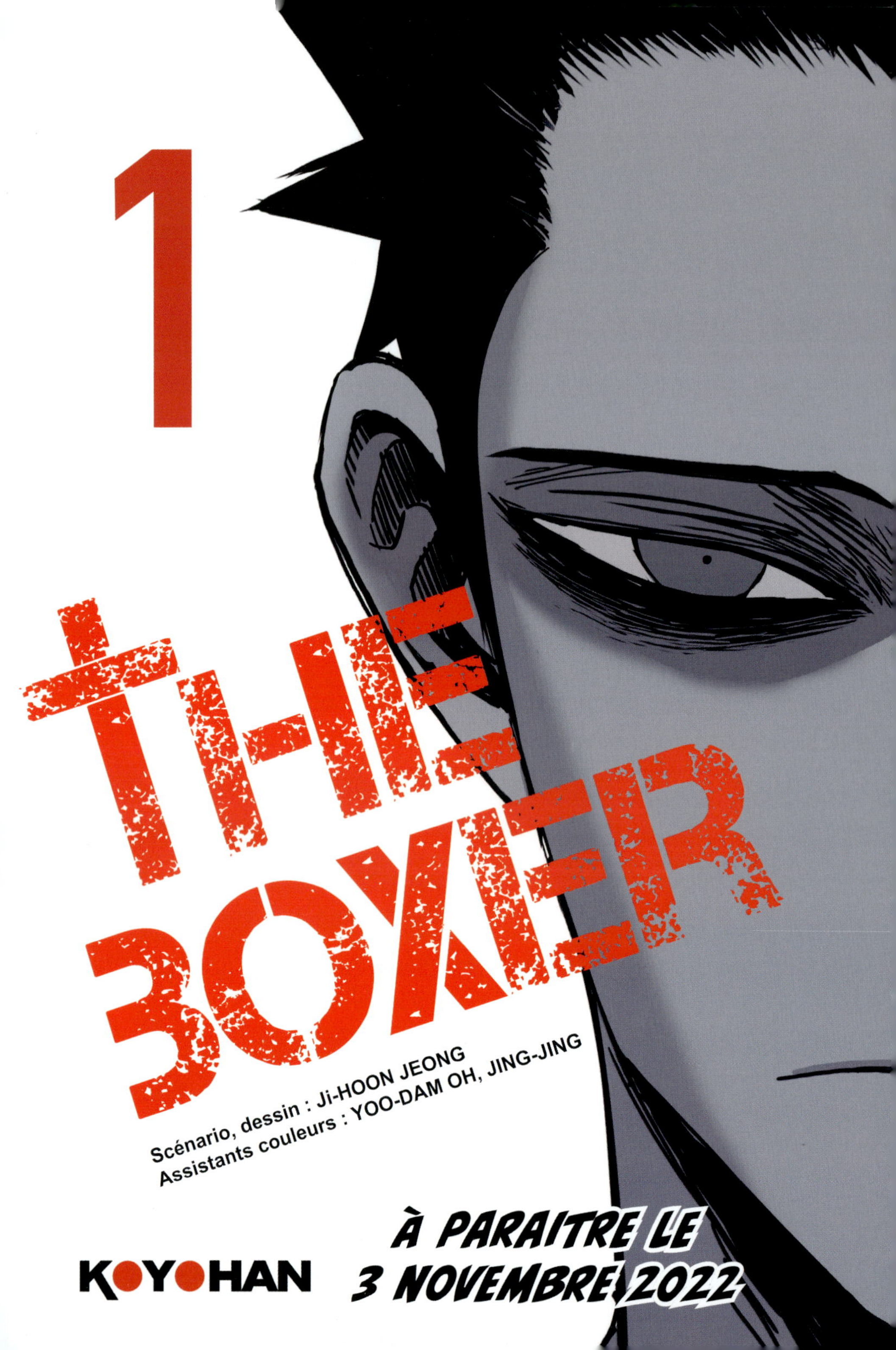
1
THE BOXER
Scénario, dessin : Ji-HOON JEONG
Assistants couleurs : YOO-DAM OH, JING-JING
À PARAITRE LE
3 NOVEMBRE 2022
KOYOHAN

MIRROR GAME

Mirror Game Vol.2

Directeur de collection : Benjamin Maisak
Texte et illustration : Sunny & Baolong
Adaptation française : Studio Makma
Traduction : Callisto Versin
Lettrage : Bouquet Cyril & Bryan Wetstein
Relecture : Axelle Wasier
Corrections : Bryan Wetstein

ISBN : 9782491290696
Dépôt légal : Octobre 2022
Achevé d'imprimer sur les presses de SNEL - www.snel.be